공부?
돈독한 가족관계가 우선입니다

공부?
돈독한 가족관계가 우선입니다

김승옥 지음

Out of Sight, Out of mind
눈에서 멀어지면 마음에서도 멀어진다

좋은땅

'부모가 자녀에게 원하는 것은 무엇일까?'

자녀의 성공, 그 성공으로 인해 행복해지는 것이 부모의 바람이다. 그리고 그 성공을 위한 필수 요건 중 하나가 공부라고 생각한다.

부모들은 자녀의 공부를 위해 많은 것을 양보한다. 아니 희생한다. 자녀의 학원비를 벌기 위해 퇴근 후 겹벌이(Two jobs)를 하고, 자녀의 유학을 위해 겹벌이(Two jobs)도 모자라 자식 또는 아내와 자식을 해외로 보내고 오로지 일만 하며 외로움을 자초한다.

'기러기 아빠(가족)'

가족의 일원 중 어느 한 사람이 경제를 책임지고 나머지 한 사람은 자녀를 돌보며, 자녀를 위해 부부가 따로 거주하는 별거 부부를 의미한다. 그리고 보통 1년에 한두 번 휴가를 이용해 자녀와 아내를 만나러 가는 것이 일반적이다. 그래도 단기 유학은 서로가 참을 만하다. 그러나 장기가 될수록 가족들에게는 많은 변수가 발생한다.

실제 기러기 가족으로 살았었고 그 과정에서 벌어졌던 주변의 일들을 세 가지만 언급해 보고자 한다.

사례 (1)

'옆집 아이는 한국에 있는 엄마에게 전화가 오면, 전화를 받지 않는다.'

아이는 5살 때 아버지와 함께 유학을 왔다. 경제적 지원은 엄마가 담당했고, 시간이 흘러 아이는 초등학교 3학년이 되었다. 그런데 그 아이는 엄마의 전화가 와도 전화를 받지 않는다. 아버지가 전화를 바꿔 주면 마지못해 받고, 그것도 잠깐 인사만 하고 다시 아버지에게 전화를 넘긴다.

그 모습이 이상해서 이유를 물었지만 아이는 선뜻 말해 주지 않았다. 그리고 우연한 기회에 아버지로부터 그 사연을 듣게 되었다. 아이에게는 가벼운 인지적 장애가 있었다. 부모는 한국 사회에서 겪을 아이의 상처를 우려해 아주 일찍 유학을 결정했고, 떠날 무렵까지 모국어를 깨우치지 못한 탓에 영어는 모국어처럼 사용했지만, 한국어를 많이 어려워했다.
그런데 문제는 엄마가 영어를 못한다는 사실이었다. 결국 대화는 부부끼리만 가능했고, 딸과는 깊은 대화는 물론이고 간단한 대화도 어려운 상태가 되었다. 그리고 이젠 전화를 받더라도 소통이 되지 않아 겨우 인사만 가능한 모녀지간이 되어 버렸다.

사례 (2)

"유학을 보내 놨더니, 이젠 그 나라가 익숙해서 한국에 안 들어온다고 하네요."

공부를 꽤 잘하는 남자아이가 있었다. 과학고등학교를 졸업하고 해외의 우수한 이공계 대학에 합격했다. 부모는 지금까지 아들을 떠받들며 살아왔듯이, 해외 유학하는 아들을 위해 경제적 지원을 아끼지 않았고, 등록금 납부 기일이 다가오면 환율에 민감해하면서도 벅찬 등록금을 항상 제날짜에 보냈다. 그렇게 4년을 보냈는데, 졸업할 무렵 아들은 다시 석박사 코스를 밟고 싶다고 했다. 부모는 경제적 사정이 넉넉하진 않았지만 명문 대학에서 석박사까지 마치겠다는 아들이 그저 대견해서 끝까지 지원하기로 했다.

사실 공무원인 남편 월급은 아들 학비 보내기에 빠듯했다. 그런 이유로 평소에도 검소했지만 최대한 허리띠를 졸라매며 절약하지 않을 수 없었다. 그런데 박사를 졸업하고 아들이 내린 결론은 익숙한 그곳에서 직장을 구하고 싶다는 말이었다. 늘 아들 자랑에 입 마를 날 없던 엄마가 처음으로 푸념 섞인 말을 했다.

"기껏 키워 놨더니 이제 해외에서 직장을 구하겠다네요. 그러다가 외국 여자와 결혼이라도 한다고 하면 거기서 쭉 살 테고, 자식이지만 이제 얼굴 보기도 힘들 것 같아요."

사례 (3)

"더 이상 기러기 생활 못 하겠다고 하니까 아내가 이혼하자고 하네요."

"처음에는 아이를 잘 키우고 싶어서 1년만 아이와 나갔다 오라고 했어요. 아이를 위한 길이라면 1년 정도야 충분히 기다릴 수 있다고 생각했지요. 그런데 아내가 1년 생활하더니, 1년은 영어의 맛만 보고 들어가는 거라며 조금만 더 있다가 들어오겠다고 하더군요. 그래서 2년을 기다렸고, 다시 3년이 되었어요.

처음에는 구속하던 아내도 없고, 아이를 못 보는 것 빼고는 몇 달은 편했어요. 이것이 진정한 자유구나 싶었지요. 그런데 시간이 지날수록 그 자유가 외로움으로 바뀌더군요. 퇴근하면 언제 오냐는 아내의 전화가 그리워졌고, '아빠' 하고 따라다니던 아이의 목소리가 듣고 싶어 너무 힘들었어요. 그러다 보니 언제부턴가 썰렁한 집도 싫고, 식사 때가 돼도 밥도 잊은 채 술로 외로움을 달래게 되었지요. 그렇지만 아이를 위한다는 마음으로 하루하루를 견뎠어요. 그런데 이젠 목표하는 바를 어느 정도 이루었다 생각해서 아내에게 귀국하라고 말했더니, 사춘기라 한국에 가면 다시 적응하기 힘들다고 계속 거기서 공부시키자고 하더군요. 그래서 이젠 더는 버틸 수가 없다고 했더니, 아내는 당신이 경제적 지원을 못 하겠다고 하면, 본인이 알아서 키우겠다며 이혼하자고 하더군요.

　이런 사례는 주변에서 심심치 않게 접할 수 있는 사례다.
　처음에는 남보다 우수하게 키우고 싶다는 욕심과 바람으로 부부는 자녀 교육에 의견 일치를 본다. 그러나 시간이 지나면서 별거는 외로움을 낳고, 외로움은 떨어진 시간만큼 어색한 가족을 만든다. 휴가 때가 되면 처음에는 기다려지고 반가운데, 길어지면 길어질수록 방문객은 가족이 아니라 손님이 된다. 그리고 때로는 그들만의 일상을 어수선하게 만들고, 왔다가 언쟁만 남기고 떠나는 불청객이 되기도 한다. 그리고 그런 일이 거듭될수록 혼자 떨어져서 경제적 지원만 하던 사람은 허망한 외로움에 빠지게 된다.

　'나는 누구인가?
　돈만 대는 경제적 조력자인가?
　언제까지 이렇게 살아가야 할까?
　계속 해외 거주를 고집한다면 나는 어떤 결론을 내려야 할까?'

그런데 경제적 조력자만 이런 고민을 하게 될까? 절대 그렇지 않다. 아이를 돌보는 임무를 맡은 엄마나 아빠도 만만치 않은 고민과 고충을 겪게 된다.

아침마다 이른 아침에 오는 School Bus에 태우기 위해 새벽부터 아이의 책가방을 챙기고, 간단히 먹을 수 있는 음식을 준비한다. 늦잠꾸러기 아이를 깨우는 일은 가장 힘든 일 중 하나다. 그리고 겨우 먹을 것을 챙겨 버스에 태우면 다시 주부의 일상이 시작된다. 방 청소, 설거지, 빨래…. 표도 안 나는 자질구레한 일들을 마치고 겨우 뒤돌아서서 쉬려고 하면 바로 이어지는 아이의 하교 시간, 아이가 돌아와 먹을 간식을 준비하고, 다시 한국처럼 학원 가방을 챙긴다.

한국 부모들은 한국을 벗어나도 일상은 달라지지 않는다. 그리고 어쭙잖은 영어 실력으로 학교 안내문을 살피고, 다음 날 준비물을 챙기고, 가끔 담임 선생님의 학부모 상담까지 책임져야 한다.

"어머님, 아이가 가정에서는 어떤가요?"

"네, 잘 지냅니다."

"그래요? 학교에 오면 도통 말이 없고 다른 아이들과 잘 어울리지를 않아서요."

이런 이야기라도 듣고 오는 날에는, 타지에서 이야기할 사람도 없고 그것보다 답답한 일이 따로 없다. 경제적 조력자가 외로움을 달래려고

공부? 돈독한 가족관계가 우선입니다

쓰디쓴 소주를 마시는 동안, 타지에서 아이를 돌보는 육체적 조력자도 또 다른 고민으로 밤잠을 설친다는 것을 명심해야 한다. 그리고 외롭고 힘든 감정의 그네를 타며 가슴으로 울고 때로는 눈물을 훔치며, 대화도 자유롭지 않은 타지에서 긴 밤을 뜬눈으로 지새울 수 있다.

그렇다면 당사자인 아이는 어떨까?

'아이니까 쉽게 적응할 거야.
아이니까 외국어도 빨리 늘 거야.
아이니까 친구들도 금방 사귈 거야.'

부모는 당사자가 아니다. 그리고 그 어린 나이에 혼자 떨어져서 공부해 본 경험 없는 부모들은 아이들의 마음을 잘 안다고 할 수 없다. 중요한 것은 어떤 고통도 당사자보다 크지는 않다는 것이다.

우리는 '자녀의 성공을 위해서'라는 명목 아래, 희생하고, 배려하고, 감내하는 것을 부모의 당연한 책무로 여기며 살아왔다. 그러나 자녀들이 진정으로 원하는 것은, 자신들만 바라보며 수천, 수억을 쏟아붓는 맹목적인 부모가 아니라, 자신들의 고민을 친구처럼 들어 주고, 격려해 주고, 적절히 조언해 줄 수 있는 마음이 통하는 부모다.

아이들은, 공부만 강요하는 부모들을 거부한다.

싫다고 말하지 않을 뿐이다.

'푸른나무청예단(청소년폭력예방재단) 2015년'에 의하면 '청소년이 부모에게 가장 듣고 싶어 하는 말' 1위는 '사랑한다'는 말이었고 그 외는 '수고했다', '고맙다', '괜찮다' 등의 말이었다.

"사랑해."

"수고했어."

"고마워."

"괜찮아."

아주 기본적이고 흔한 말이지만, 들으면 들을수록 힘이 되고, 따뜻해지고, 위로가 되는 말이다.

조금 암울한 이야기일 수도 있겠지만 우리는 언제, 어떻게, 무슨 일이 일어날지 아무도 모른다. 만약 갑자기 세상을 떠나야 한다면 그때 가장 후회스러운 일이 무엇일까? 그리고 마지막으로 하고 싶은 일이 있다면 그것은 무엇일까?

나는 2012년에 아버지를, 2019년에 어머니를 보내 드렸다. 그런데 어느 날 내가 썼던 일기장을 읽어 보다가 가족들과 어릴 적 추억들이 하나둘 떠올랐다. 다사다난했던 50여 년의 시간, 어찌 좋은 일만 있었을까? 그러나 아플 때 함께 있는 것만으로도 위로가 됐고, 경제적으로 힘들 때는 십시일반 힘을 보태 위기에서 탈출할 수 있었다. 그렇게 추억 속에는 아픔과 위기도 있었지만, 행복하고 따뜻한 추억이 더 많이 존재했다. 그리고 어릴 적 따뜻했던 추억이 감정 기복이 적은 나를 만들었고, 누구보다 긍정적인 나로 살게 했음을 50이 훌쩍 넘은 나이에야 비로소 알게 되었다.

남들처럼 부유하지도, 남들처럼 대폭적인 지원을 받아 보지도 못했지만, 그렇다고 서운해하거나 억울한 마음은 조금도 없었다. 그 시대 우리보다 가난한 가정도 많았고, 그래서 모두가 어렵게 살아간다고 생각했다. 그리고 그 부족함을 알기에 보채지도 바라지도 않았다. 오히려 어린 나이지만 보탬이 되고 싶었고, 그 부족함이 나와 같은 많은 애어른을 만들었다. 나보다는 부모를, 나보다는 형제자매를 돌아보며 그렇게 자랐다.

그런데 우리 손으로 애지중지하며 모든 걸 쏟아부은 아이들은 어떤가! 부모 세대보다 좋은 환경에서, 질 좋은 음식과 수준 높은 교육을 받았음에도 불구하고, 부모에게 또는 삶에 불만족함을 드러내는 자녀들이 꽤 많다. 그리고 상습적으로 마약을 하거나, 폭력으로 이어져 사회적 물의를 일으키기도 한다.

교육, 지금 우리 교육의 현실과 미래를 바라보며, 잘못을 잉태한 부분들을 조금씩이라도 수정해 나가야 할 필요가 있다.

그런 면에서 가장 근본이 되는 '가정교육'이 필요하다. 화목한 가정은 화목한 사회를 만든다. 그리고 화목한 가정의 초석은 배려이다. 배려는 사람들과의 관계 속에서 이루어지며, 배려는 상대를 이해하려는 마음에 기반한다. 이기적인 생각을 버리고, 가족 구성원을 먼저 생각하는 마음, 어떤 문제가 생겼을 때, 남을 탓하기 전에 자신을 먼저 되돌아보고 함께 해결해 나가려는 노력이 필요하다.
그러나 나만 생각하고, 나의 잘못을 남에게 전가하고, 현재와 미래보다 과거에 머물러 지난 잘못을 언쟁 서리로 삼는 가족이리면 결코 화목한 가정이 될 수 없다.

마지막으로 화목한 가정을 만들고 싶다면 많은 추억을 공유할 것을 진심으로 제안하고 싶다.

좋은 추억은,
힘들 때
외로울 때
버거울 때
삶의 위안이 되고, 든든한 버팀목이 된다.

이 책은 특별하지 않은 보통의 아버지와 딸, 그리고 그 가족들의 일상을 기록한 책이다. 그러나 평범하다고 생각했던 일상은 지극히 작가의 착각이었다. 살면서 느낀 것은, 아버지와 평생 좋은 관계를 유지하는 사람도 많지 않았으며, 좋은 기억조차 없는 사람도 적지 않다는 사실을 뒤늦게 알게 되었다.

생뚱맞은 전환일지 모르겠지만 우리가 사용하는 호칭에 대해 생각해 본 적이 있는가? 호칭에는 생각보다 많은 의미가 내포되어 있다.

"아빠, 엄마"
"아버지, 어머니"
"아버님, 어머님"

보통 아이들이 부모를 부를 때 대부분 '아빠, 엄마'라고 부른다. 그런데 사전적 의미에 의하면 '아빠, 엄마'는 '아버지, 어머니'의 비격식적 표현으로 풀이한다. 비격식이라는 말은 격식을 갖추지 않고 사용하는 말이다. 이 말은 예를 갖추지 않아도 된다는 의미와는 다르다. 부모와 자식 간에 느끼는 허물없는 관계를 의미하며, 보통 친밀감이 있는 상태에서 사용됨을 의미한다.

혹자는 처음부터 '아버지, 어머니'란 호칭을 가르치는 게 좋다는 사람도 있다. 공손해 보이고 성인이 되어 사용해도 무방하다는 의도로 짐작된다. 물론 틀린 말은 아니다. 그러나 주장하는 자녀만이 그 호칭을 사용한다면 사회생활인 유치원이나 학교에서 그 아이만 호칭에 대한 이질감을 느낄 수도 있다. 그리고 부모의 소신 있는 교육관이 긍정적인 상황에서는 특별함으로 인식되지만, 부정적인 상황에서는 부모의 교육관 자체가 부정당할 수도 있다.

호칭은 심리적 거리, 심리적 깊이, 사회적 위치, 신분, 직위 등에 따라서도 많이 달라진다.

보통 성인이 되어도 "아빠, 엄마"라고 부르는 사람들은 어릴 적 친밀감이 계속 유지되는 경우가 많다. 그러나 중간에 어떤 환경에 의해 헤어져 살았거나, 그 관계가 지속되지 못했을 때 심리적 거리에 의한 서먹함으로 호칭도 시나브로 바뀌게 된다.

때로는 아이와 어른을 나누는 성인이라는 기준에서 가끔 심리적 혼란이 오기도 한다. '사회적으로 어른인데 아이 때부터 부르던 호칭을

공부? 돈독한 가족관계가 우선입니다

계속 사용해도 될까?'

그래서 의도적으로 '아빠, 엄마'를 '아버지, 어머니'로 바꿔 부르기도 한다. 이런 경우 부모가 오히려 당황해하거나 혼란스러워하는 때도 있다. 그래서 갑자기 거리감도 느껴지고 일부러 바꾸는 호칭에 곁을 두는 느낌이 들어 서운해지기도 한다.

그런데 '아버지, 어머니'가 '아버님, 어머님'으로 바뀐다면 어떨까? 결혼해서 상대의 부모님을 부를 때 사용하는 것은 존중과 존경 그리고 예를 갖춘다는 의미에서 마땅한 호칭이라 생각한다. 그러나 나의 부모님을 이렇게 바꾸어 부른다면 어떨까?

'아버님, 어머님'은 격식을 갖춘 존경의 의미도 있지만 그 이면에는 자의적인 동기가 내포되기도 한다.

성인이란 부모를 떠나 독립해도 무방한 나이이며, 사회에서 스스로 직업을 가질 수 있는 나이이다. 그런데 진짜 어른이 되는 관문이 있다면 그것은 바로 결혼이다. 결혼은 나와 더불어 살아갈 배우자가 생기는 일이며, 앞으로 둘 사이에서 태어날 자녀를 책임지고 부양해야 한다는 의미이기도 하다.

아빠가 되고 엄마가 된다는 의미로 생각하면 벅찬 일이지만, 어느 한 생명을 책임져야 한다는 면에서는 책임과 의무가 따르는 막중한 자리이기도 하다. 그래서 자녀가 생기면 올바른 자녀 교육을 위해 스스로 언어 순화에 힘쓸 때가 있다. 이때 자녀 교육을 생각하며 지금까지 부르던 '아버지, 어머니'를 '아버님, 어머님'으로 바꾸어 부르는 경우가 있다.

또 하나는 자신이 사회적으로 어떤 위치에 올랐을 때 대중을 의식하게 되고, 그 위치에 맞는 언어를 사용하고자 하는 경우이다. 이때 지금까지 부르던 '아버지, 어머니'를 '아버님, 어머님'으로 부르는 경우가 있다. 격에 맞게 호칭도 바뀌어야 한다는 의식에 기인한 것이다.

사실 가족 간의 호칭은 쉽게 바뀌지 않는다. 그러나 함께 거주한 기간에 따라, 심리적 관계에 따라, 사회적 지위나 위치에 따라, 부르는 사람의 의도에 따라 얼마든지 달라질 수는 있다.

이 책은 '아버지와 딸'의 관계에서 이루어지는 일상생활에 관한 내용이다. 그런 이유로 대화에서 '아빠'라는 호칭이 주로 사용된다. 그러나 성인이 되어도 호칭이 바뀌지 않은 이유는, 그만큼 아버지와의 관계가 돈독했고, 의도적으로 바꿀 생각도 없었다는 의미이다. 물론 가끔은 혼용해서 사용했지만, '아빠'라는 호칭이 어색한 분이 계신다면 먼저 이해를 구하는 차원에서 언급해 보았다.

이 책을 읽으면서

나는
어떻게 살아왔고
어떻게 살고 싶고
어떻게 살아가야 덜 후회스러울지
긍정적인 고민을 하면서 읽을 것을 조언한다.

차례

제1장

행복, 정직, 배려의
싹이 돋아나다

1. 좌충우돌 초등생활

친구: "수업 끝나고 우리 집에 가서 놀래?"

옥이: (갑작스러운 제안에 머뭇거림) "너희 집?"

친구: "어, 우리 집에 가서 놀자."

옥이: (거절하면 무안해할까?) "그-그래, 알았어."

마지못해 수락한 게 화근이었다.

공부? 돈독한 가족관계가 우선입니다

과거로 떠나 보는 초등학교

1970년대, 강원도 홍천에 주봉초등학교라는 작고 아담한 초등학교가 있었다. 읍내에서 4km 정도 떨어져서 버스도 제법 다니는, 아주 깡촌은 아니지만 지극히 시골스러운 곳임은 틀림이 없었다. 한 반에 40명에서 50명의 인원이 공부했고, 그런 이유로 전교생이 250명이 넘지 않았다.

그때는 인구가 갑자기 늘어 서울 초등학교에서는 학생을 온전히 받지 못해 궁여지책(窮餘之策)으로 오전반과 오후반으로 나누어 초등학생을 받던 시기였다. 그에 비하면 주봉초등학교는 하염없이 작은 초등학교에 불과했다.

같은 반 친구의 제안

어느 날 하굣길에 친구가 팔짱을 끼며 말했다.

친구: "수업 끝나고 우리 집에 가서 놀래?"
옥이: (갑작스러운 제안에 머뭇거림) "너희 집?"

친구: "어, 우리 집에 가서 놀자."

옥이: (거절하면 무안해할까?) "그-그래, 알았어."

마지못해 수락한 게 화근이었다. 같은 동네 친구 집에는 몇 번 가 봤지만, 다른 동네는 처음이라서 수락해야 할지, 거절해야 할지 아주 잠시였지만 망설였다. 그러나 처음으로 제안하는 친구의 요청을 단칼에 거절하기가 어려웠다. 그래서 내키지는 않았지만, 갔다가 잠깐 놀다 오면 되겠지 하는 마음으로 가볍게 그러자고 했다. 친구도 나의 긍정적인 대답에 신이 난 듯 좋아했다.

학교 후문을 나서자 친구는 우리 집과는 반대 방향으로 발길을 옮겼다. 도로를 따라 쭉 걸었는데, 길가에는 드문드문 코스모스가 피어 있었다. 가는 동안 꽃을 꺾어 머리에도 꽂아 보고, 함께 조잘거리며 그렇게 친구의 집으로 향했다.

그런데 꽤 오래 걸은 것 같은데 친구의 집이 나오지 않았다. 그리고 어느덧 도로를 벗어나 차 하나 다니지 않는 작은 흙길로 들어섰다. 우리 집은 도로변에 있어서 이런 산길로 걷는 것은 드문 일이라 낯선 숲속의 길이 불안하고 겁이 났다.

공부? 돈독한 가족관계가 우선입니다

미궁으로 빠지는 나의 행보

옥이: "이제 다 왔어?"

친구: "아니, 조금만 가면 돼."

옥이: "그래? 알았어."

불안했지만 친구가 미안해할까 봐 더 이상 물을 수가 없었다. 그러나 걷고 또 걸었지만, 친구의 집은 나오지 않았고 가는 내내 집도 보이지 않자 걱정도 되고 후회가 됐다.

'도대체 얘는, 이렇게 먼 곳에서 어떻게 학교에 다니지?

이따 집에 혼자 돌아가야 하는데 길이라도 잃으면 어떡하지?

지금이라도 그냥 돌아간다고 해 볼까?

아니야, 조금만 가면 된다고 하는데 그렇게 말하면 서운해하겠지?'

나는 오가도 못 하는 처지에 놓여 불안한 마음에 점점 울상이 되어 갔다. 친구도 나의 마음을 알아차린 듯 한마디 했다.

"조금만 가면 돼. 저기 보이는 빨간 집이 선이네 집이고, 조금만 더 가면 우리 집이야."

아는 친구의 집이라고 하니 그래도 안도의 숨이 쉬어졌다. 그러나 불안감은 여전히 떨칠 수 없었고, 되돌아갈 생각을 하니 말은 못 했지만, 앞이 캄캄했다. 드디어 학교에서 떠난 지 1시간이 훌쩍 지나 겨우 친구의 집에 도착했다.

처음 먹어 보는 열무국수

친구 때문인지, 원래 식사를 늦게 하는지, 어머님이 늦은 점심을 차리셨다. 우리 집에서는 한 번도 먹어 본 적 없는 열무국수였다.

나는 멸치를 우려낸 육수에 국수를 넣고, 애호박과 파를 송송 썰어 넣은 다음, 계란 지단을 올리거나 달걀을 풀어 만든 멸치국수를 먹었는데, 열무국수는 처음 먹어 보는 음식이라 매우 낯설었다. 게다가 열무 줄기가 질겨 입에서 겉돌았고 잘 씹히지도 않아 여러 번 씹어야 했다. 그래도 나를 위해 준비해 주신 어머님을 생각해 최대한 많이 먹었는데 그래도 다 먹지는 못했다. 그러나 가족들은 매우 익숙한 듯 아주 맛있게 그릇을 비웠다.

참외장아찌의 비밀

식사를 마치고 친구와 함께 참외밭으로 갔다. 친구네는 아주 큰 참외밭을 하고 있었다. 아직 출하 시기는 아니었지만 노란 참외가 여기저기 익어 가고 있었다. 그 순간 친구가 종종 도시락 반찬으로 싸 오던 참외장아찌의 비밀을 마침내 알게 되었다. 그동안은 친구의 반찬을 보며, 물어보지는 않았지만 늘 궁금하고 신기하게 생각했다.

'참외를 먹을 때마다 껍질을 모아 두나?

한철 먹는데 어떻게 저렇게 많은 참외껍질을 모아서 장아찌를 담글 수 있지?'

오독오독한 장아찌가 맛있기도 했지만, 한편으로는 그렇게 싸 올 수 있는 비밀이 몹시 궁금했는데, 참외밭을 보는 순간 궁금증이 일순간에 해소되었다. 과수원에 들어서자 노란 참외들이 바닥을 장식했고, 달콤한 참외 향이 코끝을 자극해 침이 꼴깍 넘어갔다. 그러나 참외 농사를 짓는 친구네조차도 참외를 아무 때나 먹는 건 아닌 듯했다. 그래서 향기만 배부르게 먹고 눈에 담아 가는 걸로 만족하기로 했다.

어둠이 몰고 온 불안감

늦게 도착해 별로 놀지도 못했는데 지고 있는 붉은 해를 보자 아쉽기도 했지만 불안한 마음이 더 컸다.

'도로에서 한참을 들어왔는데, 언제 도로까지 나가지?
가다가 길을 잃거나 해가 지면 어떡하지?'

어두운 산길을 홀로 가야 한다고 생각하니 무섭고 끔찍한 생각이 들었다. 급한 마음에 친구 부모님께 인사를 하고 서둘러 귀가 준비를 했다. 그런데 친구 부모님이 커다란 참외 하나를 두 손에 쥐여 주며, 집에 가서 먹어 보라고 하셨다. 나는 먹고 싶었던 건 맞지만, 친구도 마음대로 먹을 수 없는 참외를 가져가는 것 같아 미안한 마음이 들었다. 그래서 주저하고 있는데, 친구가 참외를 받아 가방 속에 넣어 주며 늦었으니까 빨리 가라고 재촉했다. 나도 귀가가 걱정되어 감사하다는 인사를 드린 후 서둘러 발길을 옮겼다. 조등학생 산걸음으로 바삐 움직였지만, 친구의 집을 찾아갈 때처럼 큰 도로는 쉽게 나오지 않았다. 그래도 큰길이 하나뿐이라 길 찾기가 어렵지는 않았지만, 마음이 조급하다보니 점점 초조해져 울컥 눈물이 났다. 그래도 캄캄해지기 전에 도로로 나왔고 다소 어두웠지만 아는 길이라 마음이 놓였다. 도로에서 20

여 분 걷다 보니 학교에 다다랐다.

'아, 이제 반대편으로 이삼십 분만 더 가면 되겠구나!'

그사이 빠르게 검은 어둠이 찾아왔다. 매일 다니는 도로였지만 주변의 낯선 어둠이 너무나 무서웠다. 학교 근처에는 제법 큰 연못이 있었는데, 그 연못에서 해마다 사람이 빠져 죽어, 연못에 처녀 귀신이 산다는 흉흉한 소문이 떠돌았다. 그런데 지금 그곳을 지나가야 한다고 생각하니 오싹한 마음에 머리가 쭈뼛쭈뼛 설만큼 무섭고 두려웠다.

'그래, 뛰자. 뛰는 게 상책이야.
최대한 빨리 이곳을 벗어나자.'

달리기라면 매번 꼴찌만 하던 내가, '걸음아 날 살려라.' 하고 죽어라 뛰었다. 그렇게 코너를 벗어나 연못이 보이지 않자 그나마 마음이 편안해졌다. 그러나 두 번째 고비의 길이 기다리고 있었다. 길지는 않았지만, 산을 뚫어 만든 도로가 있었는데, 양쪽에는 모두 산짐승들이 사는 숲이 있었고, 아침 등하굣길에는 뱀과 개구리의 사체들을 흔하게 볼 수 있는 그런 도로였다.

'가다가 뱀이라도 밟으면 어떡하지?'

나는 혹여 무언가 밟을까 봐 뛰지도 걷지도 못하는 불안한 걸음으로 조심스럽게 그 도로를 벗어났다. 그리고 다소의 불안이 해소되자 갑자기 피곤이 몰려왔다.

나는 친구들이 모두 학교 근처에 산다고 생각했다. 그리고 아이들이 걸을 만한 거리에서 학교에 다닌다고 생각했다. 그러나 그것은 나만의 착각이었다.

'이럴 줄 알았으면 얼마나 걸리는지 물어나 볼걸.
그런데 친구는 왜 미리 말해 주지 않았을까?
멀다고 하면 내가 가지 않을까 봐 그랬을까?'

이미 벌어진 일이었지만, 다소의 후회스러움과 의문 점들이 머리를 맴돌았다. 그럼에도 불구하고 지금 내가 할 일은 걸음을 재촉해 이 어둠의 도로를 빨리 벗어나는 것이었다.

엄마에게 뭐라고 말하지?

'그런데 엄마에게 뭐라고 말하지?'

집이 가까워질수록 고민이 깊어졌다. 그런데 그때까지 귀가 고민에 잊고 있던 참외가 생각났다. 묵직한 가방 안의 참외를 생각하자 부모님께 말할 이야깃거리가 생각났다. 엄마는 내가 도착하자마자 예상대로 늦게 온 이유에 대해 꼬치꼬치 물으셨다.

어머니: "아니? 어디 갔다가 이제야 온 거야?"
옥이: "친구가 자기 집에 가서 놀자고 해서 갔는데, 그렇게 멀지 몰랐어요."
어머니: "친구 집이 어딘데?"
옥이: "태학리 연애골이요."
어머니: "뭐라고? 연애골? 연애골이 얼마나 먼데 거기까지 가?"
옥이: "그러니까요. 처음부터 물어볼걸 그랬어요."

나는 걱정하셨을 엄마에게 미안해하며 가방 속에서 커다란 참외를 꺼내 엄마에게 안겼다.

어머니: "이게 뭐야?"

옥이: "친구네가 참외 농사를 해서 친구 엄마가 주셨어요."

어머니: "그래? 아고 크고 맛있게 생겼구나! 아무튼 무사히 도착했
으니 됐다."

참외 덕분에 곤란한 상황을 벗어날 수 있었고, 엄마도 더 이상 꾸짖
지는 않으셨다.

새롭게 알게 된 행복의 의미

때마침 아버지가 돌아오셨다. 엄마는 귀가하신 아버지께 참외를 깎
아 드리며 내 이야기를 전하셨다.

어머니: "얘가 오늘, 연애골 친구네 집에 다녀왔대요."

아버지: "뭐라고? 거기가 어딘데 걸어서 다녀와. (엄마와 똑같은 말
씀을 하셨다.) 안 힘들었어?"

옥이: "아니요, 너무 힘들었어요."

아버지의 위로 섞인 질문에 초긴장하며 돌아오던 귀갓길이 생각나

울컥했지만, 눈물을 보이고 싶지 않아 꾹 참았다. 아버지는 엄마가 깎아 주신 참외를 맛있게 드시며 한마디 하셨다.

아버지: "딸 덕분에 이렇게 맛있는 참외를 먹어 보는구나! 고맙다. 그런데, 너도 먹지 그러니?"
옥이: "아니에요. 전 친구네 집에서 많이 먹었어요."

물론 거짓말이었지만 아버지가 맛있게 드시는 모습을 보니 흐뭇하고 뿌듯하고 행복했다. 그리고 내가 무언가를 가져야만 느낄 수 있는 것이 행복이라고 생각했는데, 남에게 줄 수 있어 행복하다는 의미를 처음으로 알게 되는 순간이었다.

2. 스케이트 사건

어머니: "아니, 이게 다 뭐예요?"

아버지: "스케이트 샀어."

어머니: "하나도 아니고 이렇게나 많이요?"

아버지: "애들이 몇 명인데, 아무리 물려줘도 이 정도는 있어야지."

어머니: "그럼 월급은요?"

공부? 돈독한 가족관계가 우선입니다

사라진 월급

어릴 적 홍천은 가장 추운 곳으로 유명했다. 일기예보를 틀면 늘 최저 기온을 기록해 겨울 추위가 너무너무 싫었다.

그러던 어느 날, 그날은 아버지의 월급날이었다. 아버지의 손에 몇 개의 상자가 들려 있었다. 안방에 들어가 내려놓는 걸 보니 모두 스케이트였다.

어머니: "아니, 이게 다 뭐예요?"
아버지: "스케이트 샀어."
어머니: "하나도 아니고 이렇게나 많이요?"
아버지: "애들이 몇 명인데, 아무리 물려줘도 이 정도는 있어야지."
어머니: "그럼 월급은요?"
아버지: "(봉투를 내밀며) 스케이트 사고 남은 돈이야."
어머니: "아니, 이 돈으로 어떻게 한 달을 살아요?"

엄마는 스케이트를 반납하고 돈으로 환불해 오라고 하셨지만, 아버지는 그럴 의사가 전혀 없어 보였다. 그리고 그런 사고를 치실 때, 엄마의 반응을 예상하지 못하셨을 아버지도 아니셨다. 스케이트는 군부대

PX(Post Exchange)에서 사 와서 시중보다 저렴하게 구매했겠지만, 엄마는 아홉 식구의 한 달 생활비를 생각하면 참으로 암담하셨을 것도 같았다.

겨울이 되면 군부대에서는 매년 스케이트 대회가 열렸다. 그리고 아버지는 선수로 나가서 메달을 여러 번 수상하셨다. 스케이트 전용 비니를 쓰고, 선수용 운동복을 입고, 상체를 구부린 채 안정된 자세로 코너링하시는 아버지의 모습을 보면 정말 멋지셨다. 그러다 보니 언젠가는 자녀들에게도 스케이트 타는 법을 가르쳐 주리라 염두에 두셨던 것 같다. 그리고 지금 그 계획이 행동으로 이어지셨다는 생각이 들었다.

스케이트 배우기

아버지는 새로 산 스케이트를 들고 아들딸과 함께 스케이트장으로 향했다. 집 옆에 부대가 있었는데, 부대 앞에는 강이 있었나. 그리고 거울마다 군인들이 굴착기를 대동해 스케이트장을 만들었다. 그리고 입구에서 아저씨들이 어묵을 팔았는데, 추운 겨울 어묵 하나에 뜨끈한 국물 한 잔을 마시면, 온몸이 녹아내릴 정도로 기분이 최고였다.

공부? 돈독한 가족관계가 우선입니다

아버지는 스케이트를 타기 전에 먼저 끈 매는 법부터 가르쳐 주셨다. 발이 흔들리면 발목이 다칠 수 있으니 끈은 최대한 촘촘히 잡아당겨야 하며, 발이 작아 빠질 수 있으니 끈을 뒤꿈치에 한 번 더 둘러야 하고, 묶고 남은 끈이 너무 길면 스케이트에 걸려서 넘어질 수 있으니 한 번 더 묶어서 최대한 짧게 남겨야 한다고 말씀하셨다. 물론 우리들의 스케이트를 묶어 주시면서 그때그때 하신 말씀이다.

우리는 스케이트를 신고 스케이트장 안으로 들어갔다. 스케이트장 안에는 두 개의 트랙이 있었는데, 안에는 초보용 트랙이, 밖에는 선수용 트랙이 있었다. 우리는 아버지의 도움을 받아 초보용 트랙에 자리를 잡았다.

드디어 아버지의 교육이 시작됐다. 아버지는 먼저 허리를 굽히고, 다리에 힘을 주고, 걸음마를 하듯 조금씩 걸어 보라고 하셨다. 그러나 걷기는커녕 중심 잡기도 어려웠다.

잠시 걸음마 연습을 하다가 쉬어 간다는 마음으로 상체를 세워 허리를 펴려는데, 아버지가 갑자기 허리를 숙이라고 하셨다. 초보자들은 잘 넘어지는데, 상체를 구부린 상태에서 넘어지면 안전하지만, 상체를 편 상태에서 넘어지면 머리나 엉치뼈가 크게 다칠 수 있다는 게 이유셨다.

그렇게 얼마의 시간이 지나자 조금씩 걸음마가 가능했다. 그런데 그때 허허벌판인 스케이트장에 강한 바람이 불었다. 주변에 건물이 전혀 없다 보니 바람도 세고 잦았다. 가만히 있는데도 스케이트가 저절로 미끄러져 나갔다. 그리고 앞으로 갈수록 가속도가 붙어 속도가 점점 빨라졌다. 발을 떼서 멈추고 싶었지만, 발이 떨어지지 않았다. 결국 앞에 있는 장애물에 부딪히지 않기 위해 스스로 넘어지는 길을 선택했다. 물론 처음 배우는 오빠와 언니들도 사정은 마찬가지였다. 하루 종일 앞으로 넘어지고, 뒤로 넘어지고, 엉덩방아를 찧었지만, 울거나 찡그리는 사람 하나 없이 툭툭 털고 일어났다.

모두가 처음 타는 스케이트에 빠져 하루가 빠르게 지나갔다. 그리고 아버지와 하는 운동이 처음이라서 그런지 모두의 얼굴에 미소가 가득했다.

최고의 선택

내 나이 7살, 집에서 막내에 가까워서 아버지가 사 온 스케이트가 좀 컸다. 그래서 혼자 나갈 때는 여분의 양말을 꼭 챙겼다. 그리고 양말을 스케이트 앞부분으로 밀어 넣고, 끈을 더 단단히 묶었다. (혼자 나갈 때는 주변 아저씨들이 묶어 줄 때가 많았다.) 사실 스케이트 사이즈에 따라 칼날의 길이도 조금씩 달라, 칼날이 길어 자주 넘어졌다. 그러나 연

공부? 돈독한 가족관계가 우선입니다

습하면서 요령이 생겼고, 좀 큰 스케이트는 타는 데 문제가 되지는 않았다.

어느 날, 스케이트 타는 게 너무 재미있어서 아침부터 저녁까지 스케이트를 탔다. 그리고 해가 떨어질 무렵에야 귀가했다. 그런데 손과 발이 꽁꽁 얼어 겉으로 봐도 심각했다. 나는 따끈한 아랫목에 손을 집어넣고 한참을 움직이지 않았다. 그런데 그때부터 생전 처음 느껴 보는 손앓이가 시작됐다. 손발이 풀리는 게 아니라, 바늘로 콕콕 찌르는 듯한 통증이 느껴졌다. 그러나 내가 원해서 스케이트를 탔고, 내가 선택한 행동에 따른 고통이라 아픔을 크게 표현하기가 민망했다. 하지만 눈물이 날 정도로 아팠고, 그 고통은 '아무리 좋아도 과하면 안 된다'라는 가르침을 주었다. 그리고 손이 언 상태에서는 충분히 비벼 줘야 하는데, 풀어 주지도 않은 상태에서 갑자기 뜨거운 곳에 넣다 보니 그런 통증이 왔다는 사실도 아버지에게 들어서 알게 되었다.

스케이트가 생긴 후, 아버지가 의도한 대로 가족 모두가 스케이트를 타게 되었다. 그러나 엄마는 가게 일과 가정일이 바빠서 그런지 끝내 배우지 못하셨다. 그 후 아버지와 함께 스케이트장에 가면 아버지를 선두로 길게 줄지어 스케이트를 탔는데, 그 모습을 지켜보는 군인들과 가족들이 몹시도 부러워하곤 했다.

언니들이 결혼하고 형부들이 생겼다. 형부들은 모두 남쪽이 고향이어서, 겨울철에 얼음 보기가 쉽지 않은 도시에서 태어났다. 그래서 그런지 스케이트를 탈 줄 아는 사람이 한 사람도 없었다. 겨울에 홍천에 오면 언니들은 형부들을 데리고 강가에 나가 아버지에게 배운 대로 형부들을 가르쳤다. 그리고 일정 시간이 지나면 형부들도 우리처럼 유유히 트랙을 달렸다.

아버지가 선택한 스케이트 때문에 엄마는 경제적으로 잠시 힘드셨겠지만, 우리는 스케이트 덕분에 그 추운 겨울을 행복하게 보낼 수 있었고, 형부들과도 더 빨리 친해지는 계기가 됐다. 그리고 스케이트는 칼날에 녹이 슬 때까지 오래도록 사용되었고, 부대 앞 스케이트장이 완전히 사라지면서 그 스케이트의 수명도 다하게 되었다.

공부? 돈독한 가족관계가 우선입니다

3. 거짓말은 안 돼

어머니: (안쓰럽고 화가 난 얼굴로) "하나밖에 없는 아들을 이렇게 걷지도 앉지도 못하게 만들면 어떡해요."

전직 군인이셨던 아버지

아버지는 20년 이상을 군에서 복무하시다 퇴직한 퇴역 군인이셨다. 훤칠한 키에 우렁찬 목소리, 강직한 성격이 아버지를 대표하는 이미지였다. 그리고 박봉으로 풍족하지는 않았지만 남보다 부지런함으로 7남매를 누구보다 올곧게 키워 내셨다.

그런 아버지셨기에 자라면서 가족 누구 하나 반대 의견을 내 본 적이 없었다. 그렇다고 자식들을 강압적으로 이끌거나, 회초리를 대신 적도 없었다. 그러나 아버지의 말 한마디는 법보다 강했고 아버지가 말씀하시면 우리는 무조건 따랐다.

아버지가 처음으로 회초리를 댄 날

그러던 어느 날 유일하게 회초리를 댄 적이 있었는데 그때는 오빠가 거짓말을 해서였다.

오빠 고등학생 때의 일이다. 방학하고 아랫집, 윗집 오빠들이 모두 성적표를 가져왔다는 소식을 들으신 것 같았다. 저녁 밥상에서 아버지

공부? 돈독한 가족관계가 우선입니다

도 오빠에게 성적표를 가져오라고 하셨다. 그런데 오빠가 성적표를 안 내줬다고 거짓말을 한 것이다. 결국 그 말이 거짓임이 들통났고 아버지는 오빠를 불러 눈물이 쏙 빠질 정도로 회초리를 대셨다. 그 모습은 사실 가족 모두에게도 큰 충격이었다.

> 어머니: (안쓰럽고 화가 난 얼굴로) "하나밖에 없는 아들을 이렇게 걷지도 앉지도 못하게 만들면 어떡해요."

엄마는 아들 하나 있는 거, 다리를 멍투성이로 만들었다며 아버지께 볼멘소리를 하며 화를 내셨고, 성적표 사건으로 인해 한동안 가족 모두가 무거운 분위기를 감당해야 했다. 아버지의 회초리는 그것이 처음이자 마지막이었다. 물론 아버지께 혼쭐이 난 오빠는 더 이상 거짓말을 하지 않았고, 공부에 임하는 자세도 그전과는 많이 차이가 있었다.

사실 아버지는 성적에 대해 왈가왈부하시는 분이 아니셨다. 물론 엄마도 그 부분은 마찬가지셨다. 그러나 거짓말은 용서할 수 없다는 게 아버지의 지론이셨던 것 같다.

옛말에 이런 말이 있다.

'때린 사람은 다리 오그리고 자도, 맞은 사람은 다리 펴고 잔다.'

오빠는 거짓말이 내내 마음에 남았을 텐데, 오히려 일찍 밝혀져 시원했을 것 같다. 그러나 애지중지 키운 아들을 하루아침에 멍투성이로 만든 아버지는 어떠셨을까? 말씀은 안 하셨지만 오랜 기간 뒤척이며 잠을 이루지 못하셨을 것 같다.

이제 오빠도 어엿한 두 아이의 아빠가 되었고, 그때 아버지의 마음을 지금은 누구보다도 잘 이해하고 있을 것이다. 오빠는 가끔 퇴근길에 전화해서 안부를 묻거나 근황을 묻곤 한다. 그리고 옛이야기를 하면서 아버지 얘기가 나오면, 서로 먹먹함에 목이 멜 때가 있다.
어디선가 이런 글귀를 본 적이 있다.

'죽음이란 누군가의 기억 속에서 영원히 사라짐을 의미한다.'

이런 논리로 본다면 아버지는 우리 기억 속에 영원히 남아 함께 살아가시지 않을까 싶다.

4. 아버지 일을 돕기 시작한 나

'아, 이 느낌은?

왼쪽 엄지 첫째 마디 중간 부분을 지나 손톱까지 파고든 칼날의 섬뜩한 느낌.'

소름이 끼치고 등줄기가 서늘했다. 엄지손가락에서 붉은 피가 뚝뚝 떨어졌다.

아버지의 지친 어깨

초등학교 4학년 때의 일이다. 아버지가 논에 갔다 돌아오시면서 소 먹일 풀을 한 지게 베어 오셨다. 그런데 마른 체구에 검게 그을린 아버지의 모습이 몹시도 힘들고 지쳐 보였다. 그때 문득 이런 생각을 했다.

'우리 집은 1남 6녀라 아버지 일을 도와줄 사람이 별로 없구나! 아버지 혼자 얼마나 힘드실까!'

그때부터였다. 아버지 일을 도와드리기 시작한 것이.

작두 놀이를 시작한 나

나는 아버지가 안 계신 틈을 타서 위험한 작두 놀이를 시작했다. 아버지가 돌아오시기 전에 여물을 조금이라도 썰어 놓자는 의도였다.

그런데 손작두 칼날을 들어 올리는 순간, 그 칼날에 압도되어 가상했던 용기는 간데없고 놀란 새가슴만 한 심장만이 쉴 없이 벌렁거렸다. 그렇다고 이대로 포기할 수는 없었다. 나는 왼손으로 볏짚을 멀찍이

공부? 돈독한 가족관계가 우선입니다

잡고 작두 속으로 볏짚을 밀어 넣었다. 그리고 칼날이 있는 오른손으로 볏짚을 눌렀다. 그런데 볏짚이 썰리기는커녕, 나를 제대로 비웃기라도 하듯, 볏짚이 접히기만 하고 칼날은 들어가지도 않았다. 나는 힘도 없으면서 오기가 생겼다. 다시 좀 더 적은 양을 작두에 넣고 힘 있게 눌렀다. 드디어 볏짚이 잘려 나갔다.

'오호, 그럼 그렇지.'

마치 경기에서 우승이라도 한 듯 주먹을 불끈 쥐며 기뻐했지만, 칼날은 여전히 무서운 존재였다. 그러나 아버지가 안 계신 틈을 타서 매일 조금씩 연습했고, 점차 작두질이 익숙해지면서 볏짚 썰기의 양도 조금씩 늘려 갔다. 그러나 일한 시간에 비해 잘린 볏짚이 많지 않아 그다지 도움이 되지는 못했다.

'이렇게 오래 썰었는데 이만큼밖에 안 되다니….
아빠는 그 많은 여물을 어떻게 매일 써시는 걸까?'

아버지의 노고가 더 크게 느껴졌다. 비록 어려서 큰 도움이 되지는 못했지만, 아버지 돕는 일을 멈출 수가 없었다. 그렇게 한참을 하다 보니 왼손으로 볏짚을 넣고 오른손으로 작두를 누르는 일이 능숙하게 리듬을 타기 시작했다. 그러던 어느 날 산더미처럼 쌓여 있는 여물을 보시고는 아버지가 가족들에게 물으셨다.

아버지: "누가 볏짚을 썰었지?"
옥이: "제가 했어요."
아버지: "뭐라고? 큰일 나면 어쩌려고 작두에 손을 대?"

나는 그냥 멋쩍은 표정으로 웃어넘겼다. 아버지는 그런 나를 보며 한 마디 덧붙이셨다.

"에-고, 수고했다. 그래도 오늘은 우리 딸 덕분에 여유가 생겼구나! 딸, 고맙다."

그 후 학교가 끝나면 집에 와서 틈틈이 아버지 일을 도왔다. 처음에는 손작두로 볏짚 자르는 일을 시작했는데 둘러보니 모든 게 아버지와 어머니의 일이었다. 그때부터 나는 뭐든 능동적으로 움직였고, 그럴 때면 조금 힘들어도 기분은 좋았다. 그리고 나로 인해 두 분의 어깨가 가벼워지는 것 같아 매우 뿌듯했다.

공부? 돈독한 가족관계가 우선입니다

잠깐의 방심이 화를 부르다

몇 개월 돕다 보니 이젠 제법 일꾼다운 모습이 보이기 시작했다. 처음 보았을 때 무시무시했던 칼날도 어느덧 평범한 도구로 보였고, 왼손과 오른손의 죽이 맞아 제법 능률도 오르고 있었다.

여느 날과 같은 오후였다. 무더위에 엄마가 만들어 주신 시원한 수박 화채를 먹고 기분 좋게 여물간으로 갔다. 평상시대로 작두질을 했는데 그날따라 볏짚이 잘 썰리지 않았다. 가끔 아버지가 작두날을 연마기로 갈곤 하셨는데, 아마도 날이 무뎌진 것 같았다. 그러나 오늘 당장 여물을 주어야 하니 그냥 힘으로라도 썰어 보자는 마음으로 다른 날보다 좀 더 힘을 주어 보기로 했다. 그때였다.

'아, 이 느낌은?
왼쪽 엄지 첫째 마디 중간 부분을 지나 손톱까지 파고든 칼날의 섬뜩한 느낌.'

소름이 끼치고 등줄기가 서늘했다. 엄지손가락에서 붉은 피가 뚝뚝 떨어졌다.

'사고다. 어쩌지?

괜히 도움도 못 되고 사고를 쳤구나!'

그러나 이미 벌어진 뒤였고, 그제야 늘 아버지가 위험하다고 말씀하시던 '경고와 주의'의 의미를 실감하게 되었다.

그 후 한동안 여물간에 가지 못했다. 물론 아파서였지만, 한편으로는 칼날의 두려움이 따라다녔다. 그리고 피부는 손톱보다 빨리 아물었지만, 손톱은 조금만 방심하면 뒤집어져 통증을 유발했다. 손톱이 뒤집힌 날은 그 안의 상처도 다시 뜯겨 통증이 반복됐다. 그래서 그런지 지금도 그 상처의 영향으로 왼쪽 엄지손톱이 오른쪽 엄지손톱보다 한눈에 봐도 더 작다. 성장기에 제대로 된 영양을 공급받지 못하면 성장이 멈추거나 더디듯이, 손톱이 자랄 시기에 사고가 나서 제대로 자라지 못한 것 같다.

아버지의 분수 놀이

집에는 10마리의 소가 있었다. 그런데 일자로 된 외양간이 그리 넓지는 않았다. 10마리의 소가 늘어서 있으면 좌우로 조금씩 움직일 수 있을 정도였다. 대신 앞뒤로 여유가 있어서 앉아 있을 때는 앞뒤로 자리를 나누어 앉았고, 좋은 자리는 나름대로 서열에 따라 움직이는 것처럼 보였다.

어느 날 아버지가 외양간을 치우고 계셨다. 밤새 싼 똥을 오른쪽 입구에서 왼쪽 끝까지 밀대로 밀거나 삽으로 옮겨, 끝 지점에서 뚫린 벽 밖으로 배설물을 던지면 두엄이 되어 이듬해 퇴비로 사용되었다. 사람이 매일 화장실에 가듯이, 아버지도 소들이 배출한 분변을 매일 그렇게 치우셨다.

중요한 건 그다음 과정이었다. 우리 집에는 동네에 몇 안 되는 수도 시설이 있었다. 물론 우물에 모터 펌프를 연결한 단순한 시설이었지만 그때만 해도 마을에서 흔하게 볼 수 있는 시설은 아니었다. 아버지는 그 수도에 달린 호스를 끌어와 외양간 바닥을 청소하셨는데, 청소하시다 종종 소들과 장난을 치셨다. 더위에 지친 소들에게 분수를 만들어 주셨는데, 처음에는 우왕좌왕하던 소들도 주인의 마음을 알아챈 듯 살짝 눈을 감은 채 얼굴을 들어 시원한 분수비를 함께 즐기는 것처럼 보였다. 그리고 소들의 모습을 흐뭇하게 바라보는 아버지의 미소에는 더위를 식혀 주려는 배려의 마음과 잠시 소와 장난을 쳐 보려는 아이의 모습이 담겨 마치 '어른 아이'의 모습을 떠오르게 했다.

소들과 신경전을 벌이다

그런 아버지의 미소가 호기심 많은 나를 엉뚱한 곳으로 이끌었다.

어느 날 아버지의 부재를 틈타 나도 소들에게 분수비를 만들어 주고 싶었다. 그리고 시원한 물로 소들의 방을 깨끗하게 치워 주고 싶었다. 그러기 위해서는 먼저 소의 배설물을 치워야 했다. 그렇다면 외양간에 들어가는 일이 먼저였다. 여물을 썰거나 주는 일은 해 봤지만, 그때까지 외양간에 들어가 본 적은 한 번도 없었다. 물론 먹이를 주면서 소들과 얼굴은 익혔지만, 자신들의 영역을 침범하는 나를 쉽게 허락할지가 의문이었다.

한참을 지켜보다 삽을 들고 조심스럽게 외양간 안으로 들어갔다. 입구에 덩치가 산만 한 큰 눈을 가진 말끔하게 생긴 소가, 들어오는 나를 보자 당황스러운 눈빛으로 쳐다봤다.

'이 꼬맹이가 왜 들어오는 거지?

손에 든 삽은 뭐야.

네가 설마 외양간을 치우기라도 하겠다는 거니?'

소는 그렇게 의문 가득한 눈으로 나를 쳐다봤다.

'어, 미안. 내가 좀 해 보려고.

내가 조심조심할 테니까 네가 좀 도와줄래?

네가 가장 큰 소니까 네가 하면 친구들도 도와주지 않을까?'

첫 번째 소에게 간절한 눈빛으로 부탁했다.

첫 번째 소는 나의 마음을 이해라도 한 듯 선뜻 자리를 내주었다. 나는 다음 소가 놀라지 않게 조금씩 조금씩 배설물을 밀고 나갔다. 그런데 첫 번째 소와 달리 다른 소들은 쉽사리 자리를 내주지 않았다. 그저 작은 꼬맹이가 들어와 자신들의 평화로운 휴식을 방해한다는 듯 불편한 기색을 드러냈다. 나는 가장 큰 첫 번째 소를 바라봤다.

'첫 번째 소야, 네가 여기서 대장 아니었어?

나는 네가 행동하면 다 따라 할 줄 알았는데. 아니, 적어도 흉내는 내 줄 줄 알았는데.'

엄한 첫 번째 소에게 원망이 돌아갔다. 그러나 시작한 이상 끝은 봐야 했다. 다시 삽질을 하려는데 곁에 있던 두 번째 소가 뭉치 똥을 쏟아 냈다. 털퍼덕 소리에도 놀랐지만, 그 양이 너무 많아 눈이 휘둥그레졌다.

'얼마나 많은 양을 먹으면 이런 똥을 쌀 수 있지?

아니, 우리도 긴장하면 화장실에 가지만, 소변을 보지 대변을 보지는 않지 않나?

이놈이 꼬맹이라고 대놓고 무시하는 거네.'

그저 혼자만의 생각이었지만 조금은 괘씸했다. 하지만 소들과 말싸움을 할 수도 없고, 하던 일을 계속하는 수밖에 다른 방법이 없었다. 나는 두 번째 소 아래에 있는 똥을 치우기 위해 작은 손으로 엉덩이를 살짝 밀었다. 그렇게 하면 첫 번째 소는 눈치껏 피해 줬는데, 두 번째 소는 꿈쩍도 하지 않을뿐더러 오히려 엉덩이에 힘을 주고 있었다. 역시 이 소는 내가 싫은 거였다.

'바보같이, 좀 있다가 그 자리에 앉으면 똥이나 깔고 앉을 텐데, 도대체 왜 피해 주지 않는 거야?'

불만 가득한 마음으로 중얼거렸다. 그렇다고 그냥 지나갈 수는 없었다. 나는 그 자리에 쪼그리고 앉아 다리 뒤에 있는 배설물을 삽으로 긁어냈다. 그런 나의 행동에 멋쩍었는지 꿈쩍 않던 소가 두 다리를 움직여 자리를 내주었다. 그런데 두 번째 소가 움직이자 신기한 일이 벌어졌다. 마치 바닷길이 열리듯 세 번째, 네 번째 소가 함께 자리를 내주었다.

공부? 돈독한 가족관계가 우선입니다

'뭐야, 이놈이 대장이었어?

덩치도 작은데 힘이 센가 보지?'

도대체 두 번째 소에게 어떤 매력이 있는지는 모르겠지만, 덕분에 자리가 넓어져 청소하는 게 수월했다. 나는 미워했던 마음을 내려놓고 아이 엉덩이를 토닥거리듯 "고맙다"라고 했지만, 소가 알아들을 리가 만무한 일이었다.

다음으로 다섯 번째 소에게 갔는데 갑자기 긴 꼬리를 흔들어 댔다. 엉덩이에 붙은 파리를 쫓는 건지, 아니면 나를 쫓는 건지 알 수는 없었지만, 똥이 붙어 있는 꼬리가 나를 때릴까 봐 긴장을 늦출 수가 없었다.

그런데 반쯤 오니 밀고 밀려서 온 배설물이 꽤 많았고, 처음에는 삽질을 한 번만 하면 됐는데, 이게 끝까지 가려면 같은 작업을 몇 번은 더 반복해야 한다는 사실을 알게 되었다. 그리고 마지막에 밭으로 배설물을 걷어 낼 때는 두 배의 힘으로 던져야 한다는 사실도 경험을 통해 알게 되었다. 물론 힘이 부족한 꼬맹이라 시간도 배로 걸리고, 그다지 멀리 던지지도 못했지만, 처음으로 도전한 '외양간 배설물 청소'가 어렵게 마무리됐다.

분수 만들기

드디어 해 보고 싶었던 '호스로 분수 만들기'.

먼저 10미터 정도에 있는 호스를 외양간 앞으로 끌어다 놓았다.

그런데 아버지가 번쩍번쩍 들던 호스의 무게가 그렇게 무거운 줄 예상조차 하지 못했다. 그래서 드는 걸 포기하고 질질 끌어서 겨우 가져다 놓았다. 그런 다음 수도로 뛰어갔다. 수도를 틀자 갑자기 호스가 살아 있는 것처럼 꿈틀거렸다. 그리고 마침내 호스 끝에서 물이 솟구쳐 올랐다. 급한 마음에 뛰어가서 호스를 잡았는데, 그 물이 얼마나 세던지 얼굴을 지나 상의를 스치는 바람에 얼굴과 옷이 다 젖고 말았다. 그러나 어차피 땀에 젖어 목욕은 해야 하니 신경 쓸 필요는 없었다.

먼저 외양간 바닥으로 물을 뿜어 댔다. 그리고 더러운 바닥부터 청소한 뒤에 깨끗한 상태에서 분수를 만들어 주고 싶었다. 그래서 더러운 모든 것을 씻어 낸다는 마음으로 구석구석 바닥을 청소했다. 그런데 내 호스의 물길이 어디로 튈지 모르는 소들은 갈팡질팡하며 예민하게 긴장하는 눈치였다.

드디어 호스 입구를 엄지로 막아 분수를 만들었다. 그런데 조임의 세기에 따라 물줄기가 달랐다. 최대한 꾹 눌러 가는 물줄기를 만들어, 열

마리의 소 위로 호스를 들어 올렸다. 물청소할 때는 아래만 신경 쓰던 소들도 갑자기 하늘에서 떨어지는 물줄기에 당황했는지 우왕좌왕했다. 그러나 아버지로부터 몇 번 경험이 있어서인지 금세 평정심을 되찾는 모습이었다. 그리고 처음에 예민하게 굴던 소들도 나의 의도를 간파한 듯 차츰 경계의 눈빛을 거두었다. 그리고 경험치가 쌓일수록 소들도 은근히 분수 놀이를 즐기는 눈치였다. 마지막으로 깨끗이 치운 바닥에 이불을 깔 듯, 아버지가 하시던 대로 왕겨를 깔아 주었다.

'오늘도 새로운 도전 성공!'

역시 물 뿌리기는 생각처럼 재미있었지만, 외양간 치우는 일은 정말 보통 일이 아니었다. 그렇지만 그 후로도 종종 아버지 일을 도와드렸다.

'여물 썰기, 외양간 치우기, 마당 쓸기, 빨래하기….'

학교에서 키 순서대로 앉으면 두 번째 줄을 벗어난 적이 없고 제법 통통했지만 힘이 센 편은 아니었던 꼬맹이가, 시골에서 있을 법한 일들을 대가족의 짐을 나누어진다는 마음으로 꾸준히 해 나갔다. 그렇다고 하지 않는 가족들에게 굳이 같이하자고 요청하거나 강요하고 싶은 마음은 없었다. 원해서 하면 보람도 있고 즐겁지만, 타인에 의해서 하게 된다면 결코 유쾌한 일이 아니란 걸 잘 알고 있었기 때문이다.

'그래서 그랬을까? 아니면 딸들이어서 그랬을까?'

아버지는 그 궂은일을 매일 하시면서도 자식들에게 도움을 요청하신 적이 거의 없었다. 혹시 마음속으로는 알아서 다가와 주길 바라신 건 아니었을까?

아버지와 나는 많은 일을 공유하면서 '스펀지에 물이 스며들 듯' 그렇게 둘도 없는 부녀 사이가 되었다.

5. 낚시에 빠졌던 여름 방학

아버지: "뭐 해? 그래서 물고기는 좀 잡았어?"

옥이: (보여 드릴 생각에 벌써 가슴이 쿵쾅거렸다) "네, 잡았어요."

아버지: "그래? 낚시를 할 줄 알아?"

옥이: "아니요, 몰라요. 오늘 처음인데 정말 재미있어요."

아버지: "어-구, 많이 잡았네?"

옥이: "그렇죠? 아빠, 그런데 물고기 넣을 통이 없어요."

사공 아저씨의 가르침

기다리던 여름 방학, 방학 내내 낚시에 꽂혀 강에서 강태공으로 여름 나기를 한 적이 있다. 물론 낚시를 배워 본 적도, 미끼를 끼워 본 적도 없었지만, 어른들의 생활을 어깨너머로 봐 온 나였기에 뭐든 가능했다.

아버지 친구분 중 노를 젓던 사공분이 있으셨다. 친구분은 우리 일을 당신의 가족 일처럼 챙겨 주셨고, 서울에서 사위들이 내려오면 배를 저어 직접 투망을 던져 고기를 잡아 주시곤 하셨다. 그러면서 투망을 던지고, 낚시에 미끼를 끼우고, 어항에 떡밥을 붙이는 일련의 고기 잡는 방법들을 만날 때마다 사위들에게 알려 주셨다. 1980년대의 일이니, 투망이 불법도 아니었고, 강에서 철엽을 나와 요리해 먹어도 벌금 같은 건 없던 시대였다.

아버지는 사위들이 내려오면 어떻게 소식을 넣었는지 사공 아저씨가 오셨고, 사위들은 사공 아저씨를 따라 강을 누비었다. 아저씨 배는 큰 편은 아니었지만 대여섯 명은 충분히 탈 수 있는 크기였고, 아저씨가 앞자리에서 노를 저으시면 우리는 뒤편에 앉아 노 젓는 모습을 신기한 듯이 바라보곤 했다. 그리고 강 중간쯤 가시면 배를 멈추고 투망 던질 준비를 하셨다. 투망에는 납으로 만든 수십 개의 낚싯봉이 달려 있었는데 납으로 만든 만큼 꽤 무거웠다. 그러나 아저씨의 투망 솜씨는 정말 예술이었다. 마치 여성들이 가벼운 치마폭을 오른손으로 자연스럽게 펼쳐 둥근 원을 그리듯이, 투망으로 둥근 원을 그려 가볍고 사뿐하게 바닥에 안착시켰다. 그리고 투망을 걷어 올리면 아저씨가 투망을 정리하면서 툭툭 털어 내는 물고기를, 통에 담아 넣는 일이 우리의 몫이었다. 그리고 투망을 던지기 전에 돌 하나를 던지셨는데, 물고기들이 미끼로 착각해 몰려들게 한 후, 순간적으로 낚아 올리는 아저씨만의 방법을 사용하셨다. 그런데 사공 아저씨의 솜씨에 감탄해서 배워 보겠다는 지원자가 있었지만, 투망을 들지도 못하거나, 던져도 매번 실패로 끝나기 일쑤였다. 그리고 그런 시도를 해 본 사위들은 사공 아저씨의 대단한 실력에 감탄하며 매번 신기한 듯 넋을 잃고 바라봤다.

아저씨는 늘 먹을 만큼만 잡는 게 철칙이셨다. 투망을 대여섯 번 던지면 그날의 매운탕거리는 그것으로 충분했다. 집으로 돌아와 우물에 둘러앉아 내장을 정리하고, 그사이 초고추장을 가져와 하나씩 찍어 먹으며, 가끔은 바로 소주나 막걸리를 한 잔씩 나누셨다. 그런데 신기한 것은 사공 아저씨는 물고기는 잡지만 드시지는 않는다는 사실이었다.

'왜일까? 사공으로 지낸 세월이 얼만데 드시지 않는 이유가 무엇일까?'

그 이유를 자세하게 설명하지는 않으셨지만, 아저씨만의 사연이나 특별한 계기가 있지 않으셨을까 추측해 본다.

그렇게 잡아 온 물고기는 양에 따라 엄마의 요리가 달라졌다. 좀 많이 잡은 날은 튀김가루를 묻혀 생선튀김과 매운탕을 끓이셨고, 좀 적게 잡은 날은 갖은 채소를 넣어 매운탕을 끓이셨다. 나는 튀김은 좀 먹었는데 매운탕은 좋아하지 않았다. 그러나 어른들 대부분은 엄마가 끓여 주신 매운탕을 '후후' 불어 가며 아주 맛있게 드셨다.

미끼 준비와 떡밥 만들기

'형부들이 내려오면 같이 즐겼던 추억 때문일까?
아니면 그냥 낚시가 좋아서였을까?
아니면 한가로운 나만의 시간이 필요했던 걸까?'

중학교 2학년 때 여름 방학을 온전히 강에서 보낸 적이 있다.

아침 식사가 끝나면 민물 낚싯대와 어항 두 개를 상자에 넣고 강으로 나갔다. 거기에는 미리 준비한 떡밥의 재료인 된장, 밥, 깻묵이 들어 있었고, 낚시 미끼에 사용될 지렁이와 지렁이를 낄 목장갑도 준비되어 있

공부? 돈독한 가족관계가 우선입니다

었다. 물론 어른들이 하는 것을 어깨너머로 보기만 했지 직접 하는 것은 처음이었다. 그런데 떡밥은 어떻게 만들겠는데 지렁이를 끼울 생각을 하면 자신이 없었다.

먼저 어항에 붙일 떡밥을 만들었다. 그릇에 된장과 밥 그리고 엄마가 기름집에서 얻어 온 깻묵과 물을 넣어 오른손으로 조물조물 주물렀다. 그리고 모시떡처럼 만들어 유리로 된 어항 입구에 떡밥을 붙였다. 너무 묽으면 물살에 금방 쓸려 내려가고, 수분이 좀 적은 상태에서 오래 치대야 찰기가 있어 어항에 오래 달라붙어 있었다. 그리고 물이 흐르는 방향대로 어항을 놓아야 하는데, 떡밥이 있는 쪽이 위로, 망이 있는 쪽이 아래로 향하게 놓아야 했다. 고기들이 떡밥을 먹다가 물살에 밀려 떠내려가게 되는데 그때 뚫려 있는 어항 안으로 들어갔다가 출구를 못 찾아 나오지 못하게 되는 게 어항의 원리였다. 그리고 유속이 센 곳은 어항 위쪽에 돌담을 쌓아 유속을 느리게 만드는 것도 어항 놓는 방법 중 하나이다. 물론 그것도 경험을 통해 알게 된 사실이었다.

그리고 어항을 놓은 후 너무 자주 가면 안 되고 삼십 분 정도 시간을 두고 가는 게 좋았다. 그래서 그사이의 시간을 때울 손낚시가 필요했다.

이제 어항을 설치했으니 낚시에 지렁이 미끼를 끼우는 일이 남아 있었다. 먼저 꿈틀거리는 것을 꺼내 짧게 잘라야 하는데 어떻게 자르며, 어떻게 끼울 것인가? 그것이 문제였다. 시골에서 지렁이는 소 두엄에 가면 언제든지 있는 것이라 쉽게 구했는데, 지렁이를 보자 내 몸이 먼저 오글거렸다. 그리고 직접 하려니 팔에 소름이 돋았다. 그래서 장갑을 준비했지만, 물컹물컹 꿈틀꿈틀 몸부림치는 지렁이를 낚싯바늘에 끼우는 일은 결코 쉬운 일이 아니었다. 처음에는 낚싯바늘로만 살짝 끼워 보려 했는데, 지렁이가 알아서 스스로 들어가지 않는 이상 그건 불가능한 일이었다. 그래도 시작은 했으니 도전은 해 봐야 할 것 같았다. 그래서 원시시대로 돌아가 넓은 돌판 위에 지렁이를 올려놓고 돌칼로 세 등분을 했다. 그리고 눈을 질끈 감고 오글거리는 손으로 겨우 바늘에 미끼를 끼웠다. 마음속으로는 물고기만 잡히고 이 미끼를 계속 재사용하면 좋겠다는 마음으로 낚시를 던졌다. 그리고 낚싯줄을 풀어 가며 '위로 당겼다 아래로 놨다'를 반복했다.

낚시 초보자에게 낚인 눈먼 물고기

이십 분 정도 지났을까? 손끝에서 느껴지는 느낌이 생소했다. 그 순간 낚싯줄이 왔다 갔다 움직였다. 낚시가 처음이었지만 물고기가 잡혔다는 것을 감지할 수 있었다. 혹여 놓칠까 봐 조심스럽게 낚싯줄을 감아올렸고 비로소 드러낸 물고기는 손 크기만 한 피라미였다.

'이렇게 아름다울 수가.' 몸통이 에메랄드처럼 옥빛으로 반짝거렸다.

　　　　　공부? 돈독한 가족관계가 우선입니다

그리고 팔랑거리는 지느러미는 여성의 붉은 립스틱처럼 주홍빛을 띠고 있었다. 순간 '동화 속 어린 왕자가 벌을 받아 잠시 물고기가 된 것은 아닐까?' 하는 착각이 들 만큼 그 자태가 우아하다 못해 고귀해 보였다. 그런데 나중에 알고 보니 산란기(6월~8월) 수컷 피라미가 이성을 유혹하기 위해 혼인색을 띠는 것이었다.

상자를 보니 잡은 물고기를 담을 어망이 없었다. 궁여지책으로 강 귀퉁이에 모래 웅덩이를 파고 물고기를 잠시 거기에 넣어 두기로 했다. 그런데 제대로 된 손맛을 보고 나니 낚시가 꽤 매력적으로 다가왔다. 이번에는 낚싯대를 손에서 놓은 김에 어항에도 가 보았다. 그런데 거기에도 눈먼 물고기가 다섯 마리나 들어 있었다. 나는 소리를 지르지는 않았지만, 마음속으로는 쾌재를 부르고 있었다. 그래서 다섯 마리를 다시 물웅덩이에 옮기고, 다시 어항을 놓은 후 낚시를 반복했다. 점심때가 되자 아버지가 강으로 나오셨다.

아버지: "뭐 해? 그래서 물고기는 좀 잡았어?"
옥이: (보여 드릴 생각에 벌써 가슴이 쿵쾅거렸다) "네, 잡았어요."
아버지: "그래? 낚시를 할 줄 알아?"
옥이: "아니요, 몰라요. 오늘 처음인데 정말 재미있어요."
아버지: "어-구, 많이 잡았네?"
옥이: "그렇죠? 아빠, 그런데 물고기 넣을 통이 없어요."

아버지: "이렇게 두다가 깻묵 그릇에 손질해서 오면 되지. 아니다,
덥고 하니 오늘은 그만하고 손질해서 가자."
옥이: "그럴까요? 그럼, 아빠가 손질 좀 해 주세요."

사실 배를 갈라 내장을 정리하는 게 여러 가지로 신경이 쓰여 부탁드린 건데 아버지는 아무 말 없이 바로 해 주셨다. 그리고 엄마는 아버지가 손질해 온 물고기를 가지고 저녁에 매운탕을 끓이셨고, 생선을 좋아하시는 아버지는 오늘따라 매운탕이 더 맛있다며 아주 맛있게 드셨다. 그렇게 시작한 낚시가 나를 여름 내내 강에서 머물게 했다.

이미 오래전 추억이지만 지금도 화양강 물줄기를 지날 때면, 어느 여름 강에서 머물며 고기를 낚던 작은 꼬맹이의 하루가 생각난다. 그리고 그 아득한 추억이 떠오를 때면 나도 모르게 엷은 미소가 지어진다.

제2장

행복이 부메랑 되어
돌아오다

6. 아버지가 주신 두둑한 용돈

아버지: "혹시 만 원 있니?"

옥이: "네, 돈 필요하세요?"

아버지: "어, 잠깐 쓰고 갚으마."

옥이: "안 갚으셔도 돼요."

공부? 돈독한 가족관계가 우선입니다

친구가 되어 버린 10마리의 소

외양간에 늘어선 10마리의 소, 그중에서 유독 눈에 띄는 놈이 있었다. 바로 첫 번째 소였는데 몸집이 아주 컸고, 털에서는 황금빛 윤기가 흘렀으며, 아버지의 눈처럼 부리부리하지만 선하고 멋진 눈을 가진 녀석이었다.

여물을 썰고, 외양간을 치우고, 먹이를 주면서 꼬맹이인 나는 유독 소들과 친해졌다. 그리고 생명을 가진 존재여서 그런지 차츰 소들도 나를 좋아하는 눈치였다.

소: "꼬맹이 왔어? 오늘은 무슨 장난을 치려고?"
옥이: "아니야, 너희들이 꼬질꼬질해서 빗질해 주려고 온 거야."
소: "빗질?"
옥이: "그래, 똥이 엉덩이에 더덕더덕 붙어 있잖아."
소: "괜찮아. 네가 억지로 떼는 게 더 아파."
옥이: "그래? 미안. 조심조심 살살 할게."

여유가 생길 때면 한 마리, 한 마리 빗질을 해 주었다. 빗질하다가 너무 아프면 어떤 놈은 발을 들어 살짝 짜증을 냈고, 어떤 놈은 슬그머니

엉덩이를 돌렸다. 그런데 똥이 많이 붙으면 붙을수록 귀찮은 똥파리들이 몰려와 소들을 귀찮게 했고, 나는 소들의 귀찮음을 미리 막고 싶은 마음에 똥을 털어 냈다. 그러나 자식이 엄마의 마음을 잘 알지 못하듯이 소들도 나의 진정한 마음을 알 리가 없었다.

그러나 싱싱하고 맛있는 음식을 만들어 주고, 더러운 외양간을 반짝반짝 빛나도록 유지해 주고, 똥파리들을 막기 위해 고군분투하는 나를 소들도 싫어하지는 않았다.

일순이의 임신 소식

어느 날 외양간을 청소하고 있는데 아버지가 오셨다.

아버지: "안 힘들어?"
옥이: "좀 힘들긴 해요."
아버지: "내가 할 테니 놔둬."
옥이: "아빠도 힘들잖아요."
아버지: "너보다는 덜 힘들지 않겠니?"
옥이: "아니에요. 시작했으니까 다 하고 나갈게요."

공부? 돈독한 가족관계가 우선입니다

아버지: "그래. 알았다."

옥이: "아빠, 그런데 첫 번째 소는 진짜 잘생기지 않았어요? 덩치도
크고, 털도 멋있고."

아버지: "아, 일순이? 잘생겼지. 배 속에 아기가 있어서 더위에 힘
들 거야."

옥이: "아기가 있어요? 정말요?"

아버지: "어, 조금 있으면 아기 소가 태어난단다."

옥이: "아, 그래서 이렇게 배가 뚱뚱했구나!"

아버지는 첫 번째 암컷 소를 '일순이'라고 부르셨다. 그렇다고 모든
소에게 이름이 있었던 것은 아니었는데, 아버지 마음에도 '일순이'가 특
별했던 것 같다. 그날부터 내 마음의 1순위인 '일순이'가 더더욱 특별하
게 다가왔다.

외양간을 청소하면 마지막에 왕겨를 더 두툼하게 깔아 주고, 과일 자
투리라도 나오면 특별식을 일순이 여물에 올려 주었다. 갓 베어 온 풀
중에 연초를 가려 일순이 쪽에 밀어줬고, 키가 닿는 데까지 토닥이며
빗질도 해 주었다.

일순이: "꼬맹아, 잘 챙겨 줘서 고마워."

옥이: "아니야, 잘 먹고 건강한 아기 낳아야지."

일순이의 크고 선한 눈에서 감사의 마음이 전해졌다.

일순이의 분만을 목격한 날

'일순이'의 분만일이 다가오자 아버지는 수의사 선생님을 부르셨다. 진찰 결과 수일 안에 분만할 거라는 말씀을 남기셨다. 그런데 분만일이 얼마 남지 않아 그런지 일순이는 밥도 거르고 '앉았다 일어섰다'를 반복하며 불안한 모습을 보였다. 잠시 엎드려 있다가도 다시 일어나 '음-매, 음-매' 소리 높여 울어 댔다.

우리는 언제 나올지 모를 일순이 아기를 위해 이틀째 밤을 지새우고 있었다. 캄캄한 밤, 일순이의 산통이 더욱 심해졌다. 마치 두렵거나 고통스러울 때 고통을 참아 내며 억지로 버티고 있는 사람처럼, 그 묵직한 울부짖음이 짠하고 초조하게 들려와 손에 땀을 쥐게 했다.

"음매-에, 음매-에."

일순이의 울부짖음에 주변의 소들도 잠 못 이루고 허둥대긴 마찬가지였다. 고통으로 발버둥 치는 일순이를 바라보며 함께 긴장하고 있었다. 그리고 일순이를 위해 자신들의 공간을 좁혀 최대한 넓은 공간을 만들어 주었다.

일순이가 자리에 눕더니 네 다리를 쭉 뻗으며 힘을 주었다. 그러자 엉덩이 부분에서 하얀 주머니가 살짝 삐져나왔다. 그러나 아기 소는 여전히 보이지 않았다. 일순이가 다시 비틀거리며 무거운 몸을 일으켰다. 그러더니 기둥에 머리를 박고 고통스럽게 울어 댔다.

"음매-에, 음매-에."

'어쩌나.
어떡하지?
아무것도 도와줄 게 없는데.
얼마나 아프면 저렇게 몸부림을 칠까!'

순간 일순이의 산통에서 엄마의 모습이 그려졌다.

'엄마도 나를 저렇게 낳으셨을까?
소나 사람이나 임신기간이 280일로 같다고 하던데.
10달 동안 배 속에서 키우다가 저런 고통을 겪으면서 나를 낳으신 걸까?'

일순이의 몸부림이 엄마의 산통으로 느껴져 더욱 마음이 아팠다. 일순이가 다시 정신을 차리며 자리에서 빙빙 돌았다.

"후-후 후-후."

겨우 호흡을 가다듬고 숨 고르기를 하더니 선 자세에서 힘을 주며 산통으로 울부짖었다. 그때였다. 밤이라 선명하지는 않았지만, 엉덩이 쪽에서 묵직한 물체가 털퍼덕 떨어졌다.

'아기 소다.
제법 큰 소리가 났는데, 아기 소는 괜찮을까?
일순아, 서서 낳으면 어떡해. 아기 소가 다치면 어쩌려고.'

털퍼덕 소리에 아버지가 조심스럽게 다가갔다. 그런데 매일 보는 아버지에게도 일순이는 예민하게 경계심을 드러냈다. 아버지는 아기 소를 확인하고는 아기 소를 거꾸로 들어 흔들어 댔다. 일순이는 아버지의 기이한 행동에 이리저리 서성이며 안절부절못했다. 그 순간 아기 소의 입에서 끈적끈적한 점액이 흘러나왔다. 그리고 '나 살아 있어요.'라고 하듯 작은 소리로 '음-매' 하며 울어 댔다. 아버지는 볏짚을 두툼하게 깔고 아기 소를 일순이 곁에 옮겨 주었다. 그제야 일순이도 안심이 됐는지 아기 소의 몸을 핥아 주기 시작했다. 일순이의 엉덩이에서 하얀 주머니가 여전히 대롱거렸다. 일순이도 신경이 쓰였는지 잠시 뒤를 바라보다가 이내 돌아와 아기 소의 젖은 몸을 다시 핥기 시작했다.

'일순아, 너무너무 고생했어.
며칠 못 잤으니 오늘은 아기 소랑 좀 자렴.'

산통과 분만을 온전히 목격한 밤, 뒤척이며 잠이 오지 않았다. 인간과 소, 출산과 분만이란 일련의 과정들이 머릿속을 맴돌며 밤새 잠을 방해했다. 그런데 다음 날 또 다른 충격이 나를 기다리고 있었다.

아침 일찍 일어나 외양간에 갔는데, 그 밤에 태어난 송아지가 엄마 소 곁을 서성이고 있었다. 아주 말끔하지는 않았지만, 젖은 몸도 말라 있었고 어제 모습과는 사뭇 다른 모습이었다.

옥이: "아빠, 송아지가 걸어요. 아니, 뛰어요."
아버지: "그러게, 아주 건강한 놈인 것 같다."
옥이: "어떻게 어제 태어났는데 뛰어다녀요?"
아버지: "소는 사람과 달리 태어나자마자 걸을 수 있단다."

그때까지는 동물 중에서 인간이 가장 위대하다고 생각했다. 그러나 태어나서 걷기는커녕 기거나 뒤집지도 못하는 인간과 달리, 분만 후 제

세상인 듯 활보하는 송아지를 보며 어린 송아지가 더 대단하고 위대해 보였다. 그리고 며칠간 잠도 못 자고, 힘든 산통을 겪었음에도 불구하고, 밤새 아기 소의 젖은 몸을 핥아 저렇게 말끔하게 만든 일순이도 내 눈에는 모두 놀랍고 감동적일 뿐이었다.

일순이 아기 소

일순이 아기 소는 누가 엄마라고 가르쳐 주지 않았는데도, 신기하게 엄마 곁을 맴돌았고 덩치 큰 소들이 자신을 뚫어지게 바라보고 있는데도, 엄마가 있어서 그런지 전혀 주눅 들지 않고 겁 없이 뛰어다녔다.

'세상 물정을 몰라서일까?
아니면 엄마를 등에 업고 날뛰는 철부지 행동일까?
아니면 작은 세상에서 나와 바깥세상이 마냥 신기해서일까?'

아기 소의 행동은 주변 소들의 주목거리가 되었다.

물론 우리 집에서도 아기 소는 관심의 대상이었다. 엄마 젖을 스스로 빨지 못하는 아기 소를 위해, 아버지는 손수 젖을 짜서 우유 통에 담아 아기 소에게 먹였고, 분만으로 힘들었을 일순이를 위해 특제 음식을 만들어 먹였다. 그것은 쌀겨와 볏짚, 사료와 연한 풀 등을 섞어 알맞게 끓인 눅진한 음식이었다.

아기 소는 한 달 이상을 엄마 젖에 의존했다. 그리고 한 달 반 정도가 되자 아버지는 사료를 조금씩 먹이며 이유식을 시작했다. 처음에는 따끈따끈한 엄마 젖만 먹으려고 사료를 피하곤 했는데, 매일 조금씩 습관처럼 주는 아버지의 노력으로 차차 우유를 떼게 되었다. 그렇게 두 달이 넘어가자 아기 소의 몸집은 태어날 때보다 두 배로 자라, 마치 여리여리했던 내 몸집에서 살이 붙은 엄마의 몸집처럼 제법 튼튼한 몸으로 바뀌어 있었다.

'그렇다면, 다음 달엔 아빠의 몸집으로 바뀌려나?
달마다 그렇게 자라면 소는 얼마나 크는 거지?'

아기 소의 폭풍 성장이 놀랍기도 하고, 언제까지 얼마나 클 수 있을지가 몹시 궁금해졌다.

아버지가 주신 두둑한 용돈

어느 장날 아버지가 기르던 소 한 마리를 우시장에 나가 팔고 오셨다. 자녀들의 학자금을 마련하기 위해서였다. 그런데 아버지가 조용히 부르시더니, 그동안 수고했다며 초등학생인 나에게 아주 큰 용돈을 주셨다. 나중에 알고 보니 그 돈은 중학교 등록금 정도의 아주 큰 금액이었다. 물론 1남 6녀 중 아버지가 용돈을 준 사람은 오직 한 사람, 나뿐이었다. 말씀은 안 하셨지만 어린 몸으로 애쓰는 것이 항상 고마우셨던 것 같다.

아버지께 처음으로 용돈을 받던 날, 나는 그 돈이 얼마나 큰돈인지도 몰랐고, 어떻게 써야 할지도 몰랐다. 그리고 엄마가 작은 가게를 하고 계셔서, 나에게 필요한 것 대부분은 집에서 손쉽게 구할 수 있었기에 딱히 돈 쓸 곳도 없었다.

그런데 가끔 학교 앞 슈퍼에 가면, 우리 가게에는 없는 뽑기가 있었다. 바로, '무진장'이라는 뽑기였다. '무진장 뽑기'는 종이판에서 뽑기를 하면 뒷면에 숫자가 나오는데, 그 숫자만큼 갈색 엿처럼 생긴 단맛이 나는 사탕을 주는 뽑기였다. 그런데 얼마나 딱딱하고 안 녹는지 입에 넣으면 한참을 오물거렸고, 운이 좋은 날은 한 번 뽑은 것으로 하루

종일 오물거릴 수도 있었다. 지금 생각해 보면 불량식품이었을 것들이 왜 그리 맛있었는지 모르겠다.

아버지는 그 뒤로도 용돈을 자주 주셨다. 그러나 돈 쓸 곳도 없고 돈 쓸 줄도 모르는 나였기에 아버지가 주신 용돈은 거의 고스란히 남겨졌다.

그때는 학교에서 정기적으로 저축액을 걷었는데, 그때 아버지가 주신 용돈을 그대로 저축하곤 했다. 그런데 가끔은 나에게 주신 용돈을 아버지가 다시 빌려 가시기도 하셨다.

아버지: "혹시 만 원 있니?"
옥이: "네, 돈 필요하세요?"
아버지: "어, 잠깐 쓰고 갚으마."
옥이: "안 갚으셔도 돼요."

아버지가 주신 용돈이니 안 주셔도 그만이라는 생각으로 드렸는데, 아버지는 빌려 간 돈은 꼭 갚으셨다. 그리고 그냥 주시는 게 아니라 꼭 5%나 10%의 이자를 얹어 주셨다. 나는 그런 아버지의 셈법이 재미있고 신기했다. 어느 날은 만 원을 빌려 가서 500원을 얹어 주시고, 어떤 때는 이자로 천 원을 주셨다.

초등학교 6학년을 졸업할 때 그렇게 모은 예금액은 생각보다 꽤 많았다. 그 돈을 받아 중학교 입학금과 등록금을 내고 교복에 체육복까지 맞췄는데도 부족하지 않았고, 나는 아버지의 두둑한 용돈 덕분에 넉넉한 학창 시절을 보냈던 것 같다.

아버지는 용돈을 주실 때면 이렇게 말씀하셨다.

"이건 네 몫이야."
"네가 고생해서 주는 거니까 받아도 돼."

아버지의 말 속에는 진심이 있어 따뜻했다.
내가 아버지를 사랑하듯, 아버지의 사랑이 느껴져 행복했다.

공부? 돈독한 가족관계가 우선입니다

7. 아버지의 특별한 신호

아버지: "(밝게 웃으시면서) 화로에 군고구마 묻어 놨다. 군밤도 몇
개 넣어 놨으니까 찾아봐."

아버지는 정년퇴직한 후에도 늘 새벽에 일어나셨다. 논을 둘러보시고 소 꼴을 베어 오시는 게 아버지의 아침 일과셨다. 그리고 엄마가 일어나 가마솥에 쌀을 안치시면 아버지는 언제나 군불을 지피셨다. 그런데 그 시간에 일어나는 한 사람이 바로 나였다.

나는 어렸을 때부터 잠이 없었다. 엄마의 쌀독 여는 소리에 눈이 떠졌고 그 시간에 일어나 가게 앞마당을 쓸곤 했다. 앞마당이 제법 넓었지만, 다 쓸고 나면 깨끗하게 정돈된 모습이 마치 준비된 상태에서 아침을 여는 것처럼 기분이 상쾌했다. 그리고 부엌으로 들어가면 아버지는 나에게 가끔 특별한 사인을 보내셨다.

아버지: "(밝게 웃으시면서) 화로에 군고구마 묻어 놨다. 군밤도 몇 개 넣어 놨으니까 찾아봐."

나는 먹성이 좋았던 터라 먹는 것에 관심이 많았다. 그래서 아버지가 가끔 화로에 먹을 것을 숨겨 놓으면, 나는 부지깽이로 찾아 호호 불어 가며 맛있게 먹곤 했다. 그리고 그런 일들이 마치 아버지와 나만의 보물찾기 놀이처럼 재미있고 흥미로웠다.

공부? 돈독한 가족관계가 우선입니다

8. 일제강점기,
뜨개질에 얽힌 사연

||||||||||||||||||||||||||||||||||||||||||||||||||||||||||||||||||||||||||||||||||||||||||||||||||||

옥이: "아니, 아빠, 도대체 언제 뜨개질을 배우셨어요?"

아버지: "어릴 적에."

옥이: "언제요? 누구한테요? 왜요?"

나는 갑자기 궁금증이 폭발해 질문을 쏟아 냈다.

||||||||||||||||||||||||||||||||||||||||||||||||||||||||||||||||||||||||||||||||||||||||||||||||||||

어이없는 실수

중학교 때의 일이다. 가정 시간에 털실로 양말 뜨는 수업이 있었다. 수업 시간마다 조금씩 떠서 최종 실기 점수에 반영하는 수업이었다. 나는 뜨개질을 틈틈이 해서 평가일 전에 모두 마무리가 된 상태였다.

그런데 문제는 귀갓길에 벌어졌다. 하루에 몇 대 안 되는 통학 버스를 탔는데, 학생들이 붐비다 보니 이리 밀리고 저리 밀리다 선반 위에 올려 둔 뜨개 봉투를 잊은 채 버스에서 내리고 말았다.

버스가 떠나자마자 알았지만, 손짓한다고 해도 돌아올 수 있는 버스가 아니었다. 지금처럼 앱으로 택시를 부르면 바로 오는 시절이었다면 얼마나 좋았을까? 그러나 택시도 가물에 콩 나듯 오가는 수준이어서 한번 잃어버리면 찾는 것을 그대로 포기해야 했다.

뜨개 봉투를 놓고 내렸다는 것을 알아챈 순간 눈앞이 캄캄하고 머릿속이 하얘져 그 자리에 풀썩 주저앉고 말았다. 제출일을 생각하니 가슴이 벌렁거리고 입술이 바싹바싹 타들어 갔다. 결국 마감일을 생각해서 큰 양말은 포기하고 아기 양말을 뜨기로 했다. 아무래도 아기 양말은 작으니까 제출일까지 완성할 수 있을 것 같았다. 나는 저녁을 뜨는 둥 마는 둥 하고 서둘러 양말 뜨기에 들어갔다.

공부? 돈독한 가족관계가 우선입니다

그런데 마음은 급한데 손놀림은 더뎠고 진도가 나가지 않자 속상한 마음에 그렁그렁 눈물이 맺혔다. 뜨개질을 하면서도 몇 번씩 그대로 포기하고 싶었다. 그러나 나의 잘못으로 벌어진 일, 책임도 나의 몫이었다. 나는 밤샐 각오로 열심히 손을 움직였다. 그런데 어느 틈엔가 곁에서 아버지가 나의 모습을 지켜보고 계셨다. 그리고 나의 일그러진 표정에서 무언가 심각한 일이 벌어졌다는 사실을 감지하고 계신 것 같았다.

아버지의 특별한 비밀

아버지: "이 밤에 왜 뜨개질을 하고 있어?"

나는 속상한 얼굴로 오늘 있었던 일에 대해 자초지종을 말씀드렸다. 실수로 완성품을 잃어버렸고 제출일이 임박해서 오늘 뜨개질을 하지 않으면 안 된다는 사실을. 그런데 내 이야기를 듣고 있던 아버지의 반응이 더 의외였다.

아버지: "한번 줘 볼래?"
옥이: "왜요?"

아버지: "그냥 한번 쥐 봐."

나는 마음도 급한데 무슨 의미로 뜨개질을 달라고 하시는지 이해가
되지 않았다. 그렇지만 아버지가 달라고 하시니까 할 수 없이 뜨개질
을 넘겨드렸다. 그런데 아버지의 대바늘 잡는 모습이 심상치 않았다.
손가락에 실을 거는 모습, 대바늘을 끼웠다 빼는 모습이 한두 번 해 본
솜씨가 아니었다.

옥이: "아니, 아빠, 도대체 언제 뜨개질을 배우셨어요?"
아버지: "어릴 적에."
옥이: "언제요? 누구한테요? 왜요?"

나는 갑자기 궁금증이 폭발해 질문을 쏟아 냈다.
엄마가 뜨개질하는 모습은 봤어도 아버지가 뜨개질하는 모습은 본
적도 생각해 본 적도 없었기에, 내 눈앞에서 벌어지는 아버지의 모습이
무척이나 낯설고 신기했다. 그때부터 아버지가 뜨개질을 배우게 된 슬
픈 사연을 들을 수 있었다.

중학교 시절, 그때는 일제강점기였는데 조선인 학생들은 학교에 가
면 매를 맞는 일이 다반사였다고 했다. 게다가 자신이 맞을 회초리를
스스로 만들어 오게 했는데, 그때 지독하게 괴롭혔던 일본인 선생의 이

름을 아직도 기억하고 계셨다. (스승이지만 아버지를 괴롭혔던 사람이라 존칭은 생략하고자 한다.)

그래서 요즘 말로 하면 수업 땡땡이를 치신 것이다. 그런데 아침 등교할 때 나와 하교할 때까지 그 긴 시간을 채우기에는 너무 긴 하루였고, 그때 수수밭에 모여 친구들과 하게 된 것이 뜨개질이었다고 했다.

뜨개질에 얽힌 사연을 듣자 속상하고 화가 났다. 그리고 내 앞에 앉아 뜨개질하고 있는 아버지가, 그 어린 시절 방황하던 작은 소년으로 느껴져 안쓰럽고 측은한 마음이 들었다.

'나 정도의 나이였을 텐데.
얼마나 힘들었을까?
얼마나 억울했을까?
미래가 없는 하루하루가 얼마나 암울했을까?'

고초를 겪는 모습을 영화에서나 봤지, 이처럼 체험담을 듣게 된 것은 처음이라 무척 당황스러웠다. 그리고 나라 잃은 슬픔이 국가는 물론 아무것도 모르는 아이들에게까지 이어졌고, 그 체벌과 학대가 심해 학교에도 못 간 채, 이리저리 떠돌며 방황했어야 하는 아이들의 모습이 그려져 듣는 내내 마음이 무거웠다.

그런데 생각해 보니 '내 코가 석 자'였다. 발 등에 불이 떨어진 사람은 아버지가 아니라 바로 나였다. 나는 냉정한 현실로 돌아와 아버지께 물었다.

옥이: "아빠, 그런데 발뒤꿈치는 코를 줄이거나 늘려야 하는데 그 것도 할 줄 아세요?"
아버지: "그럼 할 줄 알지. 내일 학교에 가야 하니까 얼른 자. 아빠 가 만들어 놓을게."
옥이: "아빠, 정말 자도 돼요?"
아버지: "그렇다니까."

나는 잘 수 있어서 다행이라 생각하면서도, 정말 자도 되는지, 아버지 말만 믿어도 되는지, 근심과 걱정을 내려놓지 못한 채, 무거운 눈꺼풀에 눌려 잠이 들었다. 그런데 심리적 걱정 때문인지 평소보다 일찍 눈이 떠졌다. 자리에서 일어나 보니 머리맡에 분홍색 아기 양말이 가지런히 놓여 있었다. 그리 훌륭하지도, 그렇다고 아주 형편없지도 않은 완성품이었다. 비록 내가 만든 양말보다는 못했지만, 내 손안에 완성품이 있고, 제출일에 무사히 제출할 수 있다는 것만으로도 충분히 감사했다. 그리고 그제야 불안한 마음을 내려놓고 안도의 한숨을 쉴 수 있었다.

나는 아버지 덕분에 위기의 순간을 무사히 넘길 수 있었다. 그리고 뜨개질 덕분에 가슴속 깊이 묻어 두었던 일제강점기 아버지의 아픈 사연을 처음으로 들을 수 있었다. 양말을 잃어버렸을 때는 앞이 캄캄하고 머리가 하얘져 울고 싶은 생각뿐이었는데, 그로 인해 생전 꺼내 본 적 없던 아버지의 비밀 이야기를 듣게 되어, 나에게는 오히려 소중하고 값진 시간이었다. 그런데 까맣게 잊은 줄 알았던 일본인 선생의 이름이 바로 튀어나오는 것을 보고 아버지 또한 몹시 놀라는 눈치셨다.

아픔, 아픔은 그렇게 기억된다. 행복은 쉽게 잊히기도 하지만, 아픔은 겪은 자에겐 잊을 수 없는 깊은 상처가 된다. 그런 어린 시절 상처를 처음으로 딸에게 들려주게 된 아버지의 마음은 어떠셨을까? 아버지도 기억하고 싶지 않아 묻어 두셨을 텐데. 비밀을 꺼내 놓는 아버지의 얼굴에서 과거의 아픔과 씁쓸함이 묻어났다.

지금도 털실을 보면 아버지가 생각난다.
그리고 아버지가 애써 꺼내 놓지 않았던 가슴 아픈 사연도….

9. 도전을 가능하게 해 준 아버지

옥이: "아빠, 미안. 조심한다고 신경 써서 했는데…."

아버지: "괜찮아. 아빠도 면도하다 자주 베는데 뭐."

공부? 돈독한 가족관계가 우선입니다

면도 거품 만들기

우리 집은 가게를 했고 가게 옆에는 방과 부엌이 딸린 상가가 있었는데 이발소에 세를 주고 있었다. 거기에는 30대 초반의 오빠가 이발소를 운영하고 있었는데 아버지는 마을에서 하나뿐인 그 이발소를 언제나 전용으로 이용하셨다. 그래서 아버지가 머리를 깎을 때면 쫄래쫄래 따라가 그 광경을 지켜봤고, 그 과정에서 오빠의 손놀림에 따라 달라지는 머리 형태를 유심히 바라보곤 했다. 그런데 그중 가장 신기했던 것이 바로 면도였다.

하얀 솔에 물을 묻혀 비누에 가져가 마구 저으면 풍성한 거품이 만들어졌다. 그 거품을 수염 위에 올려 손으로 펼친 후 긴 면도칼을 오른쪽에서 왼쪽으로 쓱쓱 밀면 수염이 말끔하게 깎였다. 그래서 어떤 때는 아버지를 따라 이발소에 갔다가, 하얀 솔에 물을 묻혀 비누 거품을 내며 비누 장난을 쳤던 기억이 난다.

'주인집 꼬맹이의 행동이 눈에 거슬렸을 텐데.'

오빠는 자주 하는 행동은 아니니 조용히 눈감아 주었던 것 같다.

시험대에 올려진 아버지

고등학교 1학년 어느 날, 주무시고 계시는 아버지가 눈에 들어왔다. 그때쯤 나는 아버지가 주무실 때면 가끔 얼굴을 마사지해 드리곤 했다. 그런데 그날은 얼굴 마사지를 마친 후, 처음으로 면도까지 도전해 보기로 했다. 사실 그렇게 마음먹자 살짝 긴장됐다. 면도날은 날카롭고 위험해서 아차 하면 실수로 이어질 수 있기 때문이었다. 게다가 그 실수는 아버지 얼굴에 상처를 남길 수도 있는 일이었기에, 무엇보다도 신중함이 필요한 일이었다.

이발소에서 봤던 것처럼 하얀 솔에 물을 묻혀 비누 거품을 만들고 싶었지만, 집에는 그와 같은 솔이 없었다. 그래서 아버지 얼굴에 물을 묻힌 후 세숫비누를 발라 얼굴 위에서 살살 문질러 비누 거품을 만들었다. 거품이 많지는 않았지만, 면도는 가능한 수준이었다. 이제 가게에서 새 면도칼을 가져와 조심스럽게 면도를 시작했다. 딱 한 번 밀었을 뿐인데, 면도날은 소름이 돋을 만큼 예리하고 날카로웠다. 그 순간 면도날의 기가 막힌 성능에 놀랐고, 무시무시한 절삭력에 가슴이 쿵쾅거렸다.

공부? 돈독한 가족관계가 우선입니다

우려했던 일이 벌어지고

그때부터 면도날이 움직이면 호흡이 자동으로 멈춰졌다. 그리고 면도를 멈춘 후에야 비로소 편하게 숨이 쉬어졌다. (마치 운전면허를 처음 따서 차를 가지고 나왔는데 좁은 골목길에 들어서서 앞으로도 뒤로도 갈 수 없는 진퇴양난의 경우라고나 할까?)

그렇게 끝까지 긴장을 늦추지 않았음에도 불구하고 결국 우려했던 일이 벌어지고 말았다. 아버지의 코 밑에 있는 오목한 인중을 지나는 순간 면도날이 인중에 걸려 살점을 베고 말았다.

아버지는 분명히 아셨을 텐데, 여전히 아픈 내색 없이 그대로 누워 계셨다. 너무 죄송스러웠지만 아버지가 놀라실까 봐 대놓고 호들갑을 떨 수도 없었다. 빠르게 화장지를 가져와 피를 닦아 냈다. 당황스러움에 긴장감은 최고조로 올라갔지만 그렇다고 오른쪽을 하고 왼쪽만 남겨 둘 수도 없는 노릇이었다. 속상함과 초조함, 차후 있을 아버지의 반응들이 걱정돼 복잡한 마음으로 첫 면도를 마무리했다.

쿨(Cool)한 한마디

사실 다친 부위의 피를 멈추게 하려고 뜨거운 수건을 올려 시간을 끌어 봤지만, 아버지가 일어나신 후에도 피는 조금씩 배어 나왔다. 속상하고 죄송스러운 마음에 고개를 숙인 채 모기만 한 목소리로 아버지께 말씀드렸다.

옥이: "아빠, 미안. 조심한다고 신경 써서 했는데…."
아버지: "괜찮아. 아빠도 면도하다 자주 베는데 뭐."

'이렇게 감사할 수가.' 아버지의 쿨(Cool)한 한마디가 진심으로 위로가 됐고 무거웠던 마음을 조금은 내려놓을 수 있었다. 그러나 그놈의 피가 자꾸 배어 나와 나를 자꾸 민망하게 만들었다.

그렇다고 그 실수로 면도를 그만두지는 않았다. 그 후로도 자주 아버지의 면도사를 자처했고, 일전에 한 실수를 반복하지 않으려고 늘 신중에 신중을 기하였다. 덕분에 더 이상의 큰 실수는 없었으며 오히려 익숙해지자 아버지는 그런 딸의 면도를 흔쾌히 기다리실 정도였다.

그때 만약 아버지가 나의 실수를 호되게 꾸짖었더라면 나는 더 이상 면도칼을 잡지 않았을 것이다. 그리고 그 일로 부녀지간의 관계는 전만 못한 관계가 되었을지도 모른다. 그러나 자신을 낮추며 솔직하게 던진 아버지의 한마디가 오히려 큰 위안이 됐고, 실수를 자책해 그 일을 멈추기보다는 오히려 이해와 배려로 지켜봐 주신 아버지 덕분에 큰 용기를 얻어, 그 일을 계속할 수 있었던 것 같다. 그리고 나중에는 딸의 손길을 은근히 기다릴 만큼 딸은 능숙한 실력자가 되었다. 적어도 아버지가 만족할 만큼.

다시 일어서게 만드는 긍정적인 조언

도전이란 삶을 설레게 하지만, 첫술에 배부르기는 쉽지 않다. 오히려 실수와 실패로 절망하는 경우가 많으며 그때 무심코 던진 주위 사람들의 말 한마디가 때로는 돌팔매가 되어 그대로 포기하게 만들기도 하고, 때로는 진심 어린 조언과 격려가 희망이 되어 넘어졌던 몸을 다시 일으켜 세우기도 한다.

'인생을 살아가면서 주변에 좋은 벗이 있다는 건 삶의 큰 축복이다.'

주변의 친구나 지인의 가르침이 때로는 어느 한 사람의 인생에 지대한 영향을 끼칠 수 있기 때문이다.

청소년기 학생들은 고민거리가 있을 때 부모님이나 학교 선생님보다는 가장 가깝다고 생각하는 친구에게 자신의 고민을 털어놓거나, 고민을 상담한다는 조사 결과를 본 적이 있다. 그런 면에서 누군가 내게 조언을 구할 때 어떤 자세로 어떤 조언을 해 줘야 할지는 깊이 생각해 볼 필요가 있다. 또한 섣부른 직언이나 단정은 주의하는 게 좋다는 견해이다.

나는 긍정의 힘을 믿는다.
'칭찬은 고래도 춤추게 한다'는 말이 있듯이
긍정적인 말은 긍정적인 행동을 만들며
긍정적인 행동은 긍정적인 사회를 만드는 초석이 된다.

절대 부정적인 말과 행동으로,
주변을 어둠으로 끌어들이지 않았으면 한다.

공부? 돈독한 가족관계가 우선입니다

■ 아버지께 해 드리던 마사지 방법 ■

1. 클렌징크림을 얼굴에 바른다.
2. 모공 구석구석을 문질러 피지와 각질을 제거한다.
3. 미용 티슈로 닦아 낸다.
4. 마사지 크림을 듬뿍 발라 부드럽게 마사지한다.
5. 따뜻한 스팀타월을 3회 정도 번갈아 올려 둔다.
6. 올려둔 스팀타월로 마사지 크림을 닦아 낸다.
7. 기초 3종 세트를 꼼꼼히 바른 후 마무리한다.

■ 이럴 때 돌아오는 아버지의 칭찬 한마디! ■

"와~ 너무 멋있는 거 아니야?"
"고맙다, 우리 딸!"

■ 이럴 때 딸의 응답은? ■

"(아무 말 없이 엄지손가락을 올려 미소로 화답한다.)"

제3장

돈독한 믿음이
사랑으로 피어나다

10. 낯선 사내로 인한 오해

금자: "사실은 너랑 사귀고 싶다는 애가 있어서. 너를 태권도 체육관에서 몇 번 봤나 봐."

옥이: "뭐? 갑자기 무슨 얘기야? 그 아이가 태권도를 배워?"

금자: "아니, 태권도는 아니고, 1층에서 유도 배워."

옥이: "그런데 나를 언제 봤다는 거야?"

금자: "몰라, 어떻게 알게 됐나 봐."

공부? 돈독한 가족관계가 우선입니다

갑자기 나타난 같은 반 친구

우리 집은 홍천 시내에서 자동차로 10분 정도 거리에 있었는데, 대중교통을 이용하면 버스 정류장이 바로 집 앞에 있어, 밤에 다녀도 위험하지 않고 참 편리한 위치에 있었다. 그런 이유로 버스를 이용하는 친구라면 우리 집의 위치를 모르는 사람이 없었다.

어느 여름 방학에 있었던 일이다.

집 앞 평상에서 가족들과 수박을 먹으며 한가로운 시간을 보내고 있었는데, 버스에서 내리는 사람 중 읍내에 사는 같은 반 친구 금자의 모습이 보였다. 나는 반가운 마음에 슬리퍼를 신고 달려가 아는 척을 했다. 그런데 금자가 내 팔을 슬그머니 잡아당기더니 어디 가서 이야기 좀 하자고 했다.

옥이: "무슨 일인데? 날 만나러 온 거야?"
금자: "어, 할 얘기가 좀 있어서."
옥이: "할 얘기? 나한테?"
금자: "어."

연락도 없이 찾아와, 나에게 할 얘기가 있다는 친구를 좀처럼 이해할 수가 없었다.

물론 삐삐도 휴대전화도 없던 시기였기에 그 정도는 이해할 수 있었다. 물론 집 전화는 있었지만, 모든 가정에 전화가 있었던 것은 아니어서 친구들과 전화번호를 주고받지는 않았던 것 같다. 아무튼 친구의 손에 이끌려 화양강 다리 쪽으로 발길을 옮겼다.

즉석 소개팅

금자: "사실은 너랑 사귀고 싶다는 애가 있어서. 너를 태권도 체육
　　　관에서 몇 번 봤나 봐."
옥이: "뭐? 갑자기 무슨 얘기야? 그 아이가 태권도를 배워?"
금자: "아니, 태권도는 아니고, 1층에서 유도 배워."
옥이: "그런데 나를 언제 봤다는 거야?"
금자: "몰라, 어떻게 알게 됐나 봐."

나는 사실 살짝 겁이 났다. 친구랑 함께 내리는 아이를 이미 봤는데, 덩치가 산만 한 아이였다. 게다가 가족 모두가 보는 앞에서 나를 데리고 와, 금방이라도 엄마가 나타날 것만 같았다. 그리고 죄지은 것도 아닌데, 몰래 꿍꿍이를 벌이는 아이처럼 마음이 몹시 불안했다.

금자: "그냥, 인사만 하라고."

옥이: "뭘 인사를 해."

금자: "아무튼 잘해 봐."

친구는 재미있다는 듯이 말하며, 저만치 서 있는 남자아이에게 오라는 사인을 보냈다. 멀지 않은 곳에서 남자아이가 걸어오는데, 순간 숨을 곳이 있다면 바로 숨어 버리고 싶은 심정이었다.

대철: "안녕, 난 이대철이야."

옥이: "어? 어- 난 김옥이야."

대철: "너, 태권도 하러 다니는 거, 몇 번 봤어. 그런데 만나 보고 싶어서, 내가 금자한테 소개해 달라고 했어."

옥이: "아 그래? 그런데 미안하지만 나는 누굴 사귈 마음이 없는데 어떡하지?"

그때였다. 화양강 다리로 걸어오는 엄마의 급한 발걸음이 보였다. 나는 남자아이와 얘기하다 말고, 엄마가 오시니까 빨리 가라며 다급하게 손짓했다. 그런데 아이와 우왕좌왕하는 사이 엄마가 도착했고, 엄마는 앞뒤 묻지도 않고 누구냐며 큰소리로 따지셨다. 나는 금자에게 빨리 데리고 가라고 손짓했고, 엄마는 그 상황을 보시고 호되게 꾸짖으셨다. 집으로 오는 내내 야단의 수위가 높아졌고, 현장을 본 엄마는 나의 어떤 설명도 믿으려 하지 않으셨다. 그런데 그 와중에 위 언니까지 나의 신경을 건드렸다.

언니: "얌전한 듯하면서 할 건 다 한다니까."

아니라고 했지만, 가족들은 이상한 현장이라도 목격한 듯 다들 그렇게 생각했다. 아버지도 말씀은 안 하셨지만, 저녁 내내 눈을 마주치지 않으셨다. 답답했다. 답답하고 억울해서 눈물이 쏟아졌다.

그때는 지금과 달리 미팅하다가 선생님들께 걸리면 정학을 받던 시대였다. 학생인 남녀가 만나는 것 자체를 인정하지 않던 시대. 그런데 억울한 오해로 나는 한순간에 그렇고 그런 아이가 되어 버렸다.

그냥 넘어갈 수가 없었다. 나는 아버지께 자초지종을 편지로 써서 주무시고 계시는 머리맡에 놓고 잠이 들었다. 아침에 일어나 보니 아버지는 계시지 않았다. 그런데 엄마가 아버지한테 얘기 들었다며 오해해서 미안하다고 하셨다. 사실 오해가 풀려 다행이었지만, 상황만 보고 다그치고 불건전한 아이로 몰아붙인 엄마가 살짝 미웠다.

내가 고마웠던 건 아버지였다. 아버지는 비록 눈길은 피하셨지만, 그렇다고 직접적으로 다그치지도 않으셨다. 그리고 나의 진심 어린 편지를 읽어 보시고 이렇게 믿어 주시니, 마음도 가볍고 오해도 풀려 날아

공부? 돈독한 가족관계가 우선입니다

갈 것만 같았다. 밤새 억울해서 잠을 이루지 못했는데, 그 억울함이 일순간에 해소되는 기분이었다.

■ 다음 이야기 ■

그 후 체육관에서 그 아이와 몇 번 마주쳤지만, 나도 나를 찾아왔던 그 아이도 서로 모르는 척 멋쩍게 지나갔다. 우리는 그렇게 하룻밤의 꿈처럼 아주 호된 소개팅을 마무리했다.

11. 좋아할 수밖에 없는 아버지

아버지: "뭐 하려고?"

옥이: "그냥 가만히 누워만 계시면 돼요."

　　　　　공부? 돈독한 가족관계가 우선입니다

염색약 '훼○○'의 기억

고등학교 3학년 때의 일이다. 일찍부터 새치가 많아 고2 때부터 새치 염색을 했다. 그런데 고교 시절, 염색은 학교 규정상 허락되지 않았다. 그러나 규정은 규정이고 늘 규정에 벗어난 아이들은 있었다. 물론 같은 경우는 아니지만 그렇다고 위반이 아닌 것도 아니었다.

어느 날 미용 재료상에서 새치 커버용 염색약을 구매했다. 그 시절 아는 새치 전용 염색약은 '훼○○'이 유일했는데 번호별로 색(Color)이 달랐다. 정확하지는 않지만 밝은 갈색, 짙은 갈색, 밤색, 검은색 이렇게 네 가지 정도로 기억한다.

어이없는 염색

나는 주로 밤색이나 진한 갈색 정도로 염색했는데, 모처럼 방학도 하고 기분전환도 할 겸, 처음으로 밝은 갈색을 사 와 염색했다. 그런데 짧은 커트 머리라서 염색약이 제법 남아 버리기가 아까웠다. 그런데 엄마에겐 밝은 갈색이 어울리지 않을 것 같고, 주무시고 계시는 아버지를 보자 아버지라면 충분히 소화하실 수 있을 것 같았다. 그래서 낮잠 중이신 아버지 머리를 살짝 올려 염색용 비닐을 깔았다. 아버지는 선잠을 주무시다가 실눈을 뜨시며 물으셨다.

아버지: "뭐 하려고?"
옥이: "그냥 가만히 누워만 계시면 돼요."

아버지는 또 무언가 일을 벌인다는 걸 눈치채시고는 알았다는 듯 다시 눈을 감으셨다. 나는 혹시나 묻을 염색약을 대비해 머리와 이마의 경계선과 귀 뒤쪽에 콜드크림을 발랐다. 그리고 이마 위쪽에 있는 새치부터 염색을 시작했다. 다음으로 고개를 살짝 돌리시라고 한 후에 왼쪽 반, 오른쪽 반을 염색했다. 머리가 짧아 남은 염색약만으로도 얼추 마무리되었다.

30분이 지나자 아버지께 머리를 감아 보시라고 했다. 그런데 머리를 감고 거울을 보신 아버지가 깜짝 놀라시며 말씀하셨다.

아버지: "이게 뭐야, 너무 밝은 거 아니야? 이~놈이 ╱(그저 껄껄 웃으신다)"

밤에는 그래도 괜찮았는데 낮에 햇볕에 비치면 누가 봐도 너무 밝아

　　　　공부? 돈독한 가족관계가 우선입니다

좀 민망했다. 아버지는 빗질하실 때마다 허- 허 웃으셨고, 나도 아버지의 머리를 볼 때마다 찔리면서도 웃음이 났다. 그나마 퇴직하시고 농사를 짓던 때라 다행이라고 생각했다.

아버지는 그 후로도 내가 하는 모든 일에 긍정적이셨고, 늘 호탕한 웃음으로 너그럽게 받아 주셨다. 나는 그런 아버지가 좋았고, 그런 아버지를 사랑하지 않을 수가 없었다.

12. 아버지의 종기

옥이: "아니, 왜 이 지경이 될 때까지 병원을 안 가셨어요?"

아버지: "그러다 낫겠지 했지. 괜찮아."

옥이: "아니~ 뭐가 괜찮아요. 오늘 일요일이라 병원도 안 할 텐데…."

공부? 돈독한 가족관계가 우선입니다

종기 치료

20대에 서울로 올라와 직장생활을 하며 언니들과 함께 자취 생활을 했다. 그러다 보니 고향에는 최종적으로 부모님만 남게 되었다.

명절인지 휴가인지 기억이 선명하진 않지만, 가족들이 다 모인 어느 날이었다. 아침 식사가 끝나자 남자들은 각자의 용무로 마당으로 나갔다. 아직 담배를 끊지 못한 분들은 담배를 피웠고, 그렇지 않은 분들은 오랜만에 만나 밀린 이야기를 나누셨다. 그리고 여자들은 주방에 모여 밥상을 치우고, 설거지하고, 과일을 깎고, 커피를 준비했다. 주방 정리가 끝나자 밖에 있는 식구들을 불러 다시 과일에 커피를 마시며 지나온 안부를 물었다.

그때 아버지가 내 곁으로 오시더니 귀 뒤쪽에 뭔가 난 것 같다며 한 번 봐 달라고 하셨다.

아버지: "뭔가 잡히는데 한번 봐 줄래?"
옥이: "네, 앉아 보세요."

붉게 부은 피부, 제법 오래돼 보이는 농, 그냥 보아도 하루 이틀 된 종기가 아니었다.

옥이: "아니, 왜 이 지경이 될 때까지 병원을 안 가셨어요?"
아버지: "그러다 낫겠지 했지. 괜찮아."
옥이: 아니~ 뭐가 괜찮아요. 오늘 일요일이라 병원도 안 할 텐데…."

속상한 마음에 살짝 짜증이 났다. 그렇다고 이대로 두고 서울로 올라 갈 수는 없었다. 잠시 누워 계시라고 하고 변변치 않은 약통과 바늘 쌈 지를 가져와 아버지의 라이터 불로 바늘을 소독했다. 그리고 혹시 모를 세균에 대비해 다시 한 번 소독약으로 바늘을 닦아 냈다. 약상자에는 소독약, 후○○, 밴드, 솜, 핀셋, 붕대, 아주 기본적인 약품이 전부였다.

먼저 농이 있는 피부에 두 개의 바늘구멍을 냈다. 그런데 농이 전혀 나올 생각을 하지 않았다. 나는 종기를 보며 입술을 깨물었다.

옥이: '독한 놈. 너 보통이 아니구나!'

강 대 강의 마음으로 작정한 듯 달려들어 종기에 여러 개의 구멍을 냈다. 그러자 그제서야 노란 농이 밖으로 흘러나왔다. 그리고 처음에 는 몰랐는데 안쪽으로 들어갈수록 농에서 심한 냄새가 났다. 마치 몇 날 며칠 씻지도 못하고 행군한 군화 속 발 냄새처럼 정도가 고약했다.

그런데 그 지독한 냄새가 마치 나에게 보내는 '주의나 경고'의 메시지처럼 느껴져 덜컥 겁이 났다.

옥이: '혹시, 심한 종기를 내가 잘못 건드린 건가? 이대로 올라가면
　　　 아빠는 분명 병원에도 가시지 않으실 텐데….'

결국 조금의 균도 용납하지 않겠다는 마음으로 귀 뒤의 종기를 사정없이 누르고 눌러서 솜으로 농을 바닥까지 뽑아냈다. 그리고 더 이상 솜에 묻어나는 것이 없다는 것을 확인한 후, 다시 전체적인 소독을 했다. 그리고 집에 유일하게 있었던 후○○을 충분히 바른 후 밴드를 붙여 마무리했다.

참는 것에 익숙한 아버지

정말 아프셨을 텐데, 아버지는 예전처럼 아무 말 없이 누워 계셨다. 역시나 잘 참으셨다. 언젠가 면도하면서 인중을 베어 한참 동안 피가 났을 때도, 아픈 당신보다 딸을 먼저 위로했던 아버지, 오늘도 눈을 감고 당신의 상처를 딸내미 손에 맡긴 채 묵묵히 누워 계셨다. 그런데 농을 짜내면서 자식으로서 마음이 아픈 건 당연한 일이지만 안쓰러움에

코끝이 찡해졌다.

'내가 곁에 있었으면 이 정도로 내버려 두지는 않았을 텐데.'

먼저 아쉬운 마음이 컸다. 사실 엄마가 곁에 계셨지만, 엄마에게 무언가 부탁하시는 것을 본 적이 없다. 그리고 생각해 보니 아버지는 다른 가족들에게도 특별히 부탁하는 성격이 아니셨다. 누군가에게 부탁하기보다는 본인이 직접 모든 것을 처리하는 분이셨다. 물론 오늘 같은 일 외에는 나에게도 손을 내민 적은 없으셨다.

아버지와 친해진 계기

지금까지 아버지의 성향을 파악해 본 적은 없었다. 그러나 이 일을 겪으면서 문득 아버지와 있었던 지난날들이 떠올랐다.

초등학교 4학년 어느 여름, 지게에 소먹이 꼴을 가득 메고 지친 모습으로 대문을 들어서는 아버지의 모습을 맞닥뜨리게 된다. 그리고 그 모습을 보면서 딸이 여섯인 가족을 생각하며 나라도 아버지 일을 도와야겠다는 마음을 먹게 된다. 그리고 그때부터 여물을 썰고, 외양간을

공부? 돈독한 가족관계가 우선입니다

치우고, 물을 기르고, 눈에 띄는 주변 일들을 뭐든 돕기 시작한다. 그리고 아버지는 뭐든지 돕는 딸을 고마운 마음으로 지켜보게 된다. 그리고 그런 딸이 아버지에게도 특별한 마음으로 다가온다. 큰돈이 생기자 아버지는 그 딸에게 거금의 용돈으로 고마운 마음을 전한다. 그리고 그 관계는 계속 이어져 특별한 아버지와 딸로 남는다. 그리고 딸은 자신의 생명을 다 주어도 아깝지 않을 만큼 누구보다 아버지를 사랑하게 된다. 그 딸이 바로 '나'다.

생각해 보니 내가 먼저 아버지께 손을 내밀었고, 아버지는 딸이 내민 손을 잡았을 뿐이었다. 아니, 정확하게 말하면 딸의 도움을 거절하지 않으셨던 거였다. 이런저런 흘러간 지난날을 회상하고 있을 때, 새언니의 말에 현실로 돌아왔다.

새언니: "어머, 아가씨, 그런 것도 할 줄 알아?"
옥이: "할 줄 안다기보다는 치료가 필요해서요. 얼마나 되었는진
　　　모르지만, 냄새가 많이 나네요. 지금이라도 치료하게 되어
　　　다행이에요."

되도록 완벽하게 치료하기 위해 애썼다. 그리고 병원에 꼭 가시라는 말을 남기고 서울로 올라왔다. 머릿속에서는 병원에 가셨는지 확인해 봐야지 하면서도 전화를 드리지 못한 채 시간이 흘러 버렸다. 한 2개월

이 지났을까? 다시 부모님 댁을 방문했고, 그제야 아버지의 종기를 확인하게 되었다.

완벽한 치료

옥이: "아빠, 귀는 좀 어떠세요?"
아버지: "귀? 귀가 왜?"

아버지도 그날 이후 종기에 대해 까맣게 잊고 계셨던 것 같다.

옥이: "아빠, 귀 좀 보여 주세요."
아버지: "아~ 귀. 괜찮은 것 같은데?"
옥이: "어머, 다 나았는데요? 아빠, 정말 다행이에요."

전화도 못 드려 죄송했는데, 말끔히 없어진 종기가 마음을 가볍게 했다.

'뭐야? 내가 그 지독한 놈을 이긴 거야?'

마음속으로 '앗~싸'를 외치며 소심하게 주먹을 움켜쥐었다.

공부? 돈독한 가족관계가 우선입니다

13. 여름휴가

1남 6녀, 우리는 도착할 때마다 상황을 공유했다.

"6번 도착이요. 양평 길이 막히더라고요. 조심해서 오세요."

"7번도 도착했습니다. 지평에 들러 막걸리 두 말 사 왔습니다."

"3번도 홍천 시내 도착이요. 우리는 과일 사고 있어요."

"2번은 일찍 와서 속초에서 바다 보고, 지금 회 떠서 갑니다."

"1번도 다 왔네. 이따 보자고."

"4번도 20분 후 도착합니다. 홍천 메밀 전병집에 들렀다 갈게요."

"5번은 좀 늦을 것 같습니다. 먼저들 들고 계십시오."

휴가를 떠나기 전

1남 6녀인 대가족의 사위들은 여름휴가를 대부분 홍천에서 보냈다. 집 근처에 산과 강이 있고, 가게를 해서 술과 먹을 것이 대기 중인 처가는 휴양지로는 더할 나위 없는 장소였다. 그래서 휴가철이 다가오면 사위들은 이런 통화를 주고받았다.

"형님, 언제 가실 거예요?"
"어, 10시쯤 출발하려고."
"어디로 가실 건데요?"
"어, 양평으로 가려고."
"자넨, 어디로 갈 텐가?"
"네, 저도 10시쯤 양평 국도로 가겠습니다."
"그래, 그럼 홍천에서 보자고."

이런 통화가 집집마다 개별적으로 이루어졌다. 그리고 헤쳐 모여 하듯이 평상시엔 일상으로 돌아갔다가 여름휴가나 명절이 되면 늘 비슷한 통화를 주고받았다.

공부? 돈독한 가족관계가 우선입니다

함께 분주한 부모님

서울 식구들이 뜨면 홍천 부모님도 덩달아 바쁘셨다. 가족들이 오면 먹을 푸짐한 음식과 편히 쉴 수 있는 공간을 만들기 위해 장을 보시고, 음식을 만드시고, 집 안을 치우시고 그렇게 분주한 시간을 보내셨다. 지금 생각해 보면 더운 여름에 손님이 오면 참 부담스러운 일이었는데, 부모님은 무더운 여름에 떼로 몰려가도 "오느라고 고생했네." 하시며 늘 환한 미소로 맞이해 주셨다.

1남 6녀, 우리는 도착할 때마다 상황을 공유했다.
"6번 도착이요. 양평 길이 막히더라고요. 조심해서 오세요."
"7번도 도착했습니다. 지평에 들러 막걸리 두 말 사 왔습니다."
"3번도 홍천 시내 도착이요. 우리는 과일 사고 있어요."
"2번은 일찍 와서 속초에서 바다 보고, 지금 회 떠서 갑니다."
"1번도 다 왔네. 이따 보자고."
"4번도 20분 후 도착합니다. 홍천 메밀 전병집에 들렀다 갈게요."
"5번은 좀 늦을 것 같습니다. 먼저들 들고 계십시오."

물론 지금처럼 단체 카톡이 없던 시절이라, 대표로 누가 통화를 하거나, 다수에게 일일이 전화를 돌려야 하는 불편함은 있었다.

시비를 가리는 교육

사실 처가가 불편하다는 사람도 있는데, 우리 집은 휴양지 펜션에 온 듯 '하하 호호' 행복한 웃음이 끊이질 않았다. 그리고 집 앞마당에는 커다란 솥이 걸려 있었는데, 거기에는 언제든지 꺼내 먹을 수 있는 강원도 찰옥수수가 잔뜩 쪄져 있었고, 더 큰 솥에는 몇 마리인지 모르는 백숙이 우리를 기다리고 있었다. 먹을 것이 많아도 너무 많았지만, 대가족이다 보니 줄어드는 양도 금세 표시가 날 정도였다. 그리고 아이들은 가게에 있는 과자나 음료수를 다 먹지도 않은 채 이것저것 뜯어 놔 각자의 엄마들에게 혼나기도 했다.

딸들: "아니, 이게 다 뭐야? 누가 먹지도 않고 이렇게 뜯어 놨어?"
어머니(할머니): "그냥들 냅둬라. 그럴 수도 있지."
딸들: "뭘 냅둬요. 한두 개도 아니고 이러면 안 되지요."
이머니(할머니): "항상 그러는 것도 아니잖아."
딸들: "너희들, 이제부터 먹으려면 돈 내고 먹어. 알았지? 너희들이
　　　돈 내고 먹으면 이렇게 다 뜯어 놓고 버리겠니?"

우리의 엄마이자 조카들의 할머니는 '뭐든 괜찮다'고 하셨지만, 자녀 교육이 필요하다고 생각한 우리는 아이들의 올바른 교육을 위해 시비

를 가려야 했다. 그리고 할머니와 이모들의 대화를 들은 아이들은 자신들의 잘못으로 시끄러워지자 조용히 고개를 숙인 채 침묵했다. 그런 일이 있고 난 뒤 아이들의 행동은 대부분 개선되었고, 행여 누군가 실수를 반복하려 하면, 우리 어른들의 말을 그대로 따라 하며 서로를 제지했다.

아이들: "이모가 이제부터 먹으려면 돈 내고 먹으라고 했잖아. 뜯어 놓은 것부터 다 먹어야지."

어른들에겐 철부지 꼬맹이들이었지만 알건 다 아는 눈치 빠른 아이들이었다.

식사를 거듭하는 가족

저녁 식사를 마치면 남자들은 마당에 있는 평상에 앉아 담소를 즐겼고, 여자들은 한쪽에선 치우고, 한쪽에선 설거지를, 한쪽에선 후식으로 과일을 준비했다. 지금 생각해 보면 남자들은 먹고 쉬고를 반복했고, 여자들은 먹고 설거지하고 청소하기를 반복했지만, 거기에까지 시시비비를 적용하지는 않았다. 그리고 그렇게 하는 것을 당연하게 생각했고 함께하는 것만으로도 큰 즐거움이라 여겼다.

설거지가 끝나면 후식 시간을 가졌는데 과일 한 박스 정도는 앉은 자리에서 동이 나기 일쑤였다. 좀 전에 밥을 먹었지만, 좀 전에 반주도 했지만, 후식을 먹을 배는 또 따로 있었다. 그러나 그것이 끝이 아니었다.

가족들은 밤의 놀이를 즐겼다. 그건 바로 '화투'였다.

남성들 한 팀, 여성들 한 팀, 가끔은 부부가 한 팀이 되어 몇 시간 동안 48장의 화투를 들고 서로의 눈치를 살피며 웃고 떠들다 보면 다시 출출해졌고 그러면 다시 반주와 야식이 시작됐다.

맥주와 마른안주, 과자와 과일, 우리는 그렇게 먹고 또 먹었다.

술을 많이 마셔도 덜 취하는 이유

그런데 신기한 것은 평소 남성들의 주량을 생각하면 이미 취하고도 남았을 법한데, 취해서 주정을 부리는 사람도, 비틀거리는 사람도, 정신을 놓는 사람도 전혀 없다는 사실이었다. 여자들은 그럴 때면 이런 이야기를 주고받곤 했다.

"물과 공기가 좋아서 안 취하는 거 아닐까?"

공부? 돈독한 가족관계가 우선입니다

"그럴 수도 있지만 잘 먹어서 그런 거 같아. 도대체 몇 끼를 먹는 거야. 음식이 위를 보호해 줘서 그런 거 같아."

"그렇긴 하지. 그런데 내 생각에는 다들 스트레스가 없어서 그런 것 같아. 직장에 가면 업무 스트레스에 할 일도 많은데 여기에서는 일 생각 안 해도 되고, 오로지 기본적인 욕구만 채우면 되잖아. 때 되면 밥 줘, 놀아 줘, 간식까지 챙겨 주는데 뭔 걱정이 있겠어?"

"그건 여자들도 마찬가지 아니야?"

"(하하하) 그건 그래. 홍천에 왔다 가면 살이 몇 킬로는 쪄서 간다니까."

우리는 각자의 생각을 나눴지만, 사위들이 처가에서 술을 마시면 덜 취하는 이유가 늘 궁금하긴 했다.

잠자리 소동

이제 자야 할 시간, 부모님은 부모님 방으로 들어가시고, 아이들은 방 하나에 몰아넣고, 넓은 기역자 거실에 한쪽은 남자들이, 한쪽은 여자들이 누우면 잠자리가 정리됐다. 그런데 낮에 웃고 즐기는 행복이 밤까지 이어지지는 않았다. 대표 코골이 넷째 형부, 두 번째 코골이 아버지, 그들에 비하면 점잖은 몇몇 분들의 코골이가 여름밤 매미 소리처럼 들려와 예민한 분들의 귀를 자극했다.

그 와중에 신기하게도 잘 자는 넷째 언니는 넷째 형부의 코골이가 익숙해서 그런 것도 있겠지만, 결혼 전부터 머리만 붙이면 잘 자는 그런 언니였다. 그런 면에서 대표 코골이 넷째 형부를 만난 것은 아무리 생각해도 천생연분이라는 생각이 들었다. 그리고 이렇게 밤이 지나면 아침에 일어나 저마다 한마디씩 했다.

3번: "어제 범인이 누구야. 시끄러워서 잠을 못 잤잖아."
6번: "형님, 전 옆에서 얼마나 힘들었는데요."
4번: "누구야 ╱? 누가 그렇게 코를 골았대 ╱?"

자신이 범인임에도 불구하고 능청스럽게 말하는 넷째 형부의 말에 다들 웃음으로 초토화되고 만다. 그렇게 아침부터 다시 웃음이 시작된다. 조금 피곤해도 웃음이 보약인 듯 우리는 다시 어제와 같은 하루를 보낸다.

이렇게 삼 일을 보내고 다시 각자의 집으로 흩어질 시간, 부모님의 움직임도 덩달아 바빠지신다. 아침 일찍 손수레를 끌고 밭에 다녀오신 후 옥수수를 다듬어 포대에 담으시고, 온갖 채소를 나누어 봉지에 담으신다. 어느덧 평상 위에 늘어선 부모님의 선물들, 1남 6녀를 주기 위해 일곱 줄이 만들어진다. 쌀 일곱 포대, 들기름 일곱 병, 옥수수 일곱 포

공부? 돈독한 가족관계가 우선입니다

대, 고구마, 고추, 상추, 호박, 깻잎 등의 봉지가 가득하다. 우리가 다녀가면 곳간과 밭은 비워지고 초토화됐지만, 당신들의 건강이 허락하는 한 그렇게 하셨다.

생각해 보면 한편으로는 뿌듯하셨을 것도 같다. 자식들의 수만큼 늘어선 일곱 대의 차량, 당신들의 자녀로 인해 얻은 사위와 며느리 그리고 손주들, 밭에 씨를 뿌리고 그것들이 자라 열매가 되고 가을이 되면 풍성한 수확을 거두듯이, 부모님의 마음도 그렇게 풍성하고 행복하시지 않으셨을까?

우리는 해마다 북적북적한 여름휴가를 홍천에서 보냈고, 서울로 올라올 때는 풍성한 부모님의 선물을 받아 왔다. 물론 자식들도 그런 부모님의 노고에 보답하기 위해 각자의 성의를 용돈으로 보답했다. 그리고 방문이 거듭되고 만남이 잦아질수록, 우리의 웃음도 우리의 추억도 그만큼 쌓여 갔다. 그리고 그렇게 주거니 받거니 하면서 남으로 만난 며느리와 사위들도 진정한 가족이 되어 갔다.

14. 병원을 싫어하셨던 아버지

어느 순간부터 '고맙다'라는 말이 아버지의 레퍼토리가 되었고, 그런 모습이 점점 쇠약해지는 아버지의 모습으로 느껴져 마음이 짠했다.

공부? 돈독한 가족관계가 우선입니다

고등학교 때의 일이다. 아버지가 갑작스러운 복통으로 병원에 가신 적이 있는데 병명은 담석증이었다. 입원하면서 좀 더 지켜보자는 의사소견이 있었지만, 아버지는 한사코 괜찮다며 퇴원해 버리셨다. 병원에 있어 봤자 달라지는 것도 없고 누워 있으면 답답하다는 이유였다. 가족들 모두 걱정했지만, 다행히 복통은 더 이상 일어나지 않았다. 그때부터 아버지는 내 머릿속에 병원을 죽도록 싫어하는 분으로 각인돼 버렸다.

그리고 내가 본 아버지는 잔병이 없던 분이셨다. 담배를 피우셔서 일찍부터 해소가 있긴 하셨지만 어렸을 때 아버지는 병원에 가신 적이 거의 없었다.

그런데 내가 간과했던 것이 있었다. 결혼하고 20여 년을 떨어져 살면서도 과거의 기억으로 아버지는 늘 건강하시다고 착각했던 것이다. 왜냐하면 아버지는 엄마처럼 거동이 불편하지도 않으셨고, 그렇다고 병원에 자주 다니는 일도 없었으며, 여전히 일상생활을 지장 없이 하고 계시다 보니 아버지는 예전과 달라진 게 하나도 없다고만 생각했다. 그리고 우리가 고향에 방문하면 어김없이 사위들과 함께 막걸리를 즐기셨고, 어디가 아프셔도 우리에게 아프시다는 말씀을 하신 적이 없었기에 늘 강건한 아버지로만 기억하고 있었다.

그런데 나이가 들수록 유독 '고맙다'라는 말씀을 많이 하셨다. 처음에

들었을 때는 '연세가 드시더니 마음이 약해지셨나 보다.'라고만 생각했
다. 그런데 어느 순간부터 '고맙다'라는 말이 아버지의 레퍼토리가 되
었고, 그런 모습이 점점 쇠약해지는 아버지의 모습으로 느껴져 마음이
짠했다.

공부? 돈독한 가족관계가 우선입니다

제4장

아버지가 폐암 선고를
받게 되다

15. 아버지의 폐암 선고

간호사: "할아버지, 지금이 아침이에요? 점심이에요?"

아버지는 '내가 몸이 아프지, 정신까지 놓은 줄 아냐?' 하는 얼굴로 대답 없이 딴청을 피우셨다. 그러자 간호사님이 다시 물으셨다.

간호사: "할아버지, 지금이 아침이에요? 점심이에요?"
아버지: (마지못해 대답한다) "ひる지."
간호사: "네? 뭐라고요?"
옥이: "점심이래요." (옆에서 거든다)

공부? 돈독한 가족관계가 우선입니다

나는 아버지가 좋았다. 아버지를 너무나 사랑했다. 아버지를 위해서라면 뭐든지 할 용의가 있는 그런 딸이었다. 그런 나의 아버지가 어느날 폐암 4기라는 선고를 받았고, 기존 병원의 병원기록이 서울 보○병원으로 넘겨졌다. 그러나 그 청천벽력과도 같은 상황에서도 아버지의 낯빛은 그다지 어둡지 않으셨다. 강원도에서 엄마와 두 분이 계시다가 서울 병원으로 올라오신 후, 7남매의 얼굴을 매일 볼 수 있어서 그런지 기분은 그 어느 때보다 좋으신 것 같았다.

어느 날 아침 담당 간호사가 아버지께 물었다.
아마 입원한 지 삼 개월 정도 지났을 무렵인 것 같다.

간호사: "할아버지, 지금이 아침이에요? 점심이에요?"

아버지는 '내가 몸이 아프지, 정신까지 놓은 줄 아냐?' 하는 얼굴로 대답 없이 딴청을 피우셨다. 그러자 간호사님이 다시 물으셨다.

간호사: "할아버지, 지금이 아침이에요? 점심이에요?"
아버지: (마지못해 대답한다) "ひるじ."
간호사: "네? 뭐라고요?"
옥이: "점심이래요." (옆에서 거든다)
간호사: "아- 네."

'그 와중에 왜 일본어가 튀어나왔을까?'

중학생 시절 호되게 회초리를 때리던 일본인 선생을 잊지 못하고 계셨듯이, 어린아이 취급하는 간호사의 질문이 정말 싫으셨던 것일까? 아니면 매일 반복되는 똑같은 질문이 그냥 귀찮으셨던 것일까?

공부? 돈독한 가족관계가 우선입니다

16. 수면제와 마약성 진통제

옥이: "아빠, 이게 뭐예요?"

아버지: "44번 국도야. 돌아가야지."

　　　　(양평에서 홍천을 거쳐 양양으로 가는 도로)

옥이: "그래요, 아빠. 건강해지셔서 우리 빨리 돌아가요."

신은 우리에게 아버지와의 시간을 오래 허락하지는 않으셨다.

서울에 올라오신 후 항암치료를 받으면서 아버지의 몸은 날로 쇠약해지셨고 수면 시간도 점점 길어졌다. 그런데 그 이유를 돌아가실 즈음에야 알게 되었다. 병원에서 더 이상 손 쓸 수 없는 암 환자들에게 내려지는 처방 약이 마약성 진통제와 수면제라는 사실을.

병원 담당의는 조금만 정신이 돌아오면 퇴원을 권유했다. 더 이상 해 드릴 수 있는 것이 없어서 그런지, 아니면 병상이 부족한 탓인지는 명확하지 않았다. 물론 아버지도 고향에 돌아가시길 누구보다 간절히 기다리셨다. 어느 날 하얀 종이 위에 직선 하나를 그어 놓고 44번이라는 숫자를 써 놓으셨다.

옥이: "아빠, 이게 뭐예요?"
아버지: "44번 국도야. 돌아가야지."
          (양평에서 홍천을 거쳐 양양으로 가는 도로)
옥이: 그래요, 아빠. 건강해지셔서 우리 빨리 돌아가요."
아버지: "언제 퇴원할 수 있대?"
옥이: "며칠만 기다리시면 가실 수 있을 거예요."

그런데 퇴원을 계획한 날 화장실에서 미끄러져 쓰러지셨고, 코와 얼굴에 상처를 내며 병원에 다시 주저앉게 되셨다. 그 후 여러 번 퇴원을 시도했지만, 이런저런 이유로 퇴원을 할 수가 없었다. 그런데 24시간

공부? 돈독한 가족관계가 우선입니다

중 깨어 있는 시간은 주로 한밤중뿐이셨고, 갈수록 식사도 거의 하지 못한 채 누워서 병상만 지키셨다.

그런데 그렇게 주무셨던 이유가 수면제와 마약성 진통제 때문이었다니…. '퇴원만 가능했다면, 아버지의 바람대로 처방약을 가져와 집에서 지내셨던 게 더 낫지 않았을까?' 하는 아쉬움이 남았다.

17. 슬픈 예지몽

"내가 한 달 남았대."

공부? 돈독한 가족관계가 우선입니다

아버지의 눈물

나는 지금까지 아버지가 우시는 모습을 딱 한 번 본 적이 있다. 그것은 49세에 돌아가신 큰형부 장례식장에서였다. 형부의 운구차가 서고, 관을 옮기는 과정에서 아버지는 애써 눌렀던 눈물을 쏟아 내고 말았다. 지금 생각해도 그동안 살갑게 지내던 자식 같은 큰사위를 먼저 보내는 아버지의 마음이 어땠을지, 충분히 이해가 가는 모습이었다. 아버지의 눈물을 본 것은 그것이 처음이자 마지막이었다.

그런데 요즘 종종 눈물을 보이신다고 했다. 어제 아침에도 우두커니 앉아 눈물 흘리시는 아버지를 보시고는, 주변 환자는 물론 보호자들까지 눈물을 훔쳤다고 했다.

아버지는 병원에서 '신사 양반'으로 통했다. 훤칠한 키에 말수도 적으시고, 목소리도 성우처럼 좋으셨다. 아파도 아픈 표정 없이 조용히 참아 내시며, 있어도 없는 듯 그렇게 지내셨다. 하루는 언니가 왜 우셨냐고 물었더니, 꿈에서 돌아가신 동네 친구분들과 부모님을 뵈었다는데, 자세한 말씀은 하지 않으셨다고 했다. 나약해진 정신과 허약해진 체력, 아버지는 자신의 미래가 얼마 남지 않으셨다는 것을 이미 감지하고 계시지 않았을까?

악몽

나는 문득 엊그제 악몽이 떠올랐다. 지금까지 아버지의 꿈을 꾼 적이 거의 없었는데, 아버지가 꿈에 나타나 담담하게 한마디 하셨다.

"내가 한 달 남았대."

나를 보며 덤덤하게 말씀하시던 아버지의 목소리가 너무나 생생하게 떠올랐다. 나는 부정하면서 엉엉 울었고, 남편이 흔들어서 깨어 보니 꿈이었다. 얼마나 울었던지 베갯잇이 흠뻑 젖어 있었고, 비록 꿈이었지만 가슴에 통증이 느껴질 정도로 힘들었다.

그래도 꿈이라서 다행이라고 생각했다. 그렇지만 꿈 얘기는 누구에게도 할 수가 없었다. 혹여 입 밖으로 나가면 아버지의 죽음이 현실이 될까 봐 두려웠다. 그래서 단순한 개꿈으로 치부해 버리고 싶었다.
(그러나 8월 28일의 꿈은 10월 5일 현실이 되어 돌아왔다.)

공부? 돈독한 가족관계가 우선입니다

18. 마지막 남긴 한마디

옥이: "아빠, 내가 누구야?"

아버지: "(잠시 생각하더니) 씩씩한 딸이지."

옥이: "(의외의 대답에) 아니, 내가 누구냐고요."

아버지: "대한민국의 딸이지."

아버지는 나의 질문에 생뚱맞은 대답을 하셨다.

얼음장 같은 발

아버지 발을 만졌는데 발이 얼음장처럼 차가웠다. 나는 따뜻한 물을 받아다가 수건으로 얼굴을 닦고, 손과 팔을 닦아 드렸다. 그리고 앉으시라고 한 후, 혈액순환에 도움이 될 만한 발 마사지를 시작했다. 혈액이 스스로 돌지 못하면, 뜨거운 물과 내 손으로 돌려 볼 요량으로 화장실에서 뜨거운 물을 받아다가 3번 정도 반복했다. 아버지는 그런 나를 물끄러미 바라보시더니 조용히 한마디 하셨다.

아버지: "힘든데 그만해."
옥이: "안 힘들어요. 아빠가 힘들지 제가 뭐가 힘들어요. 얼른 나으셔야죠."

말기 암 환자임을 알면서도 내가 하고 싶은 말이자 할 수 있는 유일한 말이었다.

공부? 돈독한 가족관계가 우선입니다

대한민국의 씩씩한 딸

아버지는 내내 주무시다가 밤이 되면 일어나시곤 하셨다. 그리고 밤이 되면 오히려 정신이 돌아와 평소에 나누지 못했던 대화를 나눌 수 있었다.

다음 날 아침 아버지 곁을 지키다 집으로 돌아가기 전에 물었다.

옥이: "아빠, 내가 누구야?"
아버지: "(잠시 생각하더니) 씩씩한 딸이지."
옥이: "(의외의 대답에) 아니, 내가 누구냐고요."
아버지: "대한민국의 딸이지."

아버지는 나의 질문에 생뚱맞은 대답을 하셨다. 내가 듣고 싶은 말은 그런 이상한 대답이 아니었는데, 환자인 아버지를 두고 살짝 서운한 생각이 들었다.

나는 아버지에게 사랑하는 딸이라는 말을 듣고 싶었다. 내가 아버지를 진심으로 사랑하는 것처럼. 그런데 내 머릿속에 아버지가 병원을 꺼리던 분으로 각인된 것처럼, 아버지 머릿속에는 내가 씩씩한 대한민국의 딸로 기억되었던 것 같았다.

나는 남보다 늦게 대학교와 대학원을 졸업했다. 1남 6녀의 아홉 식구, 대학까지 바라는 건 형편상 욕심이었다. 그래서 고등학교를 졸업하자마자 여군 하사관 시험에 도전했다.

사실 처음부터 여군이 되고자 한 것은 아니었다.
중학교 3학년 때, 위장장애가 심해 고민하던 중, 운동으로 치유해 보고자 스스로 선택한 운동이 태권도였다. 다행히 의도한 바대로 병이 많이 호전됐고, 막 고등학교 3학년이 되었을 때 유단자가 되었다. 그리고 진로를 고민하던 중 여군에 대한 로망으로 여군 하사관이 되겠다는 꿈을 꾸게 되었다.

고등학교 졸업 후 언니들이 사는 서울로 올라와 용산 병무청 여군 하사관 시험에 지원했다. 1차 서류를 제출하고, 2차 필기시험을 보고, 3차 면접시험을 보았다. 240명 정도 되는 지원자 중 33명이 합격했고, 합격자만 별도로 남아 군복과 군화, 군모 등의 치수를 쟀다.

사실 합격자가 발표되기 전까지 여군 하사관 시험에 지원한 것은, 가족 누구에게도 말하지 않았다. 나는 합격 통지서를 받은 후에야 언니들에게 알렸고, 그다음에 고향으로 내려가 아버지께 입영 통지서를 보여 드렸다. 아버지는 깜짝 놀라셨지만, 잠시 후 호탕하게 웃으시면서 물으셨다.

아버지: "왜 여군이 되고 싶은 건데?"
옥이: "아빠처럼 멋진 사람이 되고 싶어서요. 집단생활도 잘할 것 같고요. 아빠는 제가 군대 가는 거에 대해 어떻게 생각하세요?"
아버지: "나? 네가 원한다면야, 아빠는 찬성이지."

물론 순서가 잘못돼도 한참 잘못됐다. 먼저 부모님의 허락을 구하는 게 순서였다. 하지만 지원을 하기도 전에 반대하실까 봐 내심 불안했다. 그래서 먼저 지원했고, 만약 반대하신다면 그때 생각해 볼 요량이었다.

그러나 나의 우려와 달리 아버지는 나의 꿈과 도전을 흔쾌히 허락해 주셨다. 정말 날아갈 것 같은 기분이었다. 무엇보다 아버지의 밝고 호탕한 웃음이 나를 인정하고 응원해 주는 것 같아 용기가 났다.

아버지: "언제 입대하는데?"
옥이: "다음 달이요."
아버지: "어구, 얼마 안 남았네?"
옥이: "네, 얼마 안 남았어요."

입대 문제는 이렇게 마무리됐다. 그러나 아버지는 한참 선배임에도 불구하고, 군대 생활에 대한 어떤 정보나 주의사항 등을 특별히 말씀해 주시지는 않으셨다. 그러나 분명 뿌듯하고 대견스러워하시는 표정이셨다.

예상치 못한 복병

그런데 아버지도 허락한 여군 입대를 오빠가 막게 될 줄은 꿈에도 예상하지 못했다. 그때 오빠는 서울 노량진 경찰서에서 의무경찰로 복무 중이었다. 오빠는 매일 데모 진압에 나서야 했고, 최루탄 가스를 마시며 같은 또래 대학생들의 진입을 막아야 했다. 그래서 그랬을까. 본인은 힘들어하는 일을 굳이 하려는 동생을 이해하지 못했다. 물론 경찰과 여군의 임무는 분명 다름에도 불구하고 오빠는 거의 동일시하고 있었다.

오빠: "네가 생각하는 것과 달라. 남들은 어떻게든 안 가려고 하는데, 넌 왜 굳이 가려고 하니? 난 진짜 이해를 못 하겠다."
옥이: "오빠는 내가 여군이 되기 위해, 어떻게 준비했는지 알아? 아무것도 모르면서 왜 이래라저래라 하는 건데?"

공부? 돈독한 가족관계가 우선입니다

오빠: "야, 진짜 답답하다. 가서 얼마나 후회하려고 그래."

그동안 오빠와 전화 왕래가 자주 있었던 것도 아니었고, 그렇다고 나를 특별히 예뻐해서 관심이 많았던 것도 아니었다. 그런데 입대 소식 이후, 오빠는 나의 입소를 막기 위해 하루가 멀다고 전화했다. 그런데 내가 마지막까지 고집을 꺾지 않자 생전 쓰지도 않던 육두문자까지 써 가며 심하게 나무랐다. 그래도 그전까지는 마음이 확고했는데, 그 순간 '쿵'하고 흔들렸다.

'저렇게까지 하는 데는 이유가 있지 않을까?
정말 내가 잘못된 선택을 하고 있는 걸까?
아니야. 가 보지도 않고 주저앉을 수는 없어.
아니야, 아니야~~'

복잡한 마음에 고개를 흔들었다. 그렇게 입대를 며칠 앞둔 시점까지도 오빠로 인해 갈팡질팡했다. 그리고 결국 여군 입대를 포기하기에 이르렀고, 그 후 긴 시간을 홀로 방황해야 했다.
한순간에 꿈과 목표를 잃어버렸고, 그것만 보며 달려왔던 나였기에 고민과 시름은 크고 깊을 수밖에 없었다.

그때가 아버지를 떠나 처음 서울 생활을 시작한 때였고, 아버지는 그때 나의 모습을 떠올리며 아직도 나를 씩씩한 대한민국의 딸로 기억하고 계신 것 같았다. 그리고 이 말이 나에게 남긴 마지막 말이 될 줄은 꿈에도 생각하지 못했다.

공부? 돈독한 가족관계가 우선입니다

제5장

아버지의 장례를 치르다

19. 아버지의 임종

옥이: "엄마, 아빠 안 돌아가셨어. 언니, 아빠가 울어. 아빠 눈에서 눈
물이 나잖아. 아빠가 살아 계신다고."

공부? 돈독한 가족관계가 우선입니다

이미 사망선고를 받은 아버지의 눈에서 눈물이

나는 아쉽게도 아버지의 임종을 지켜 드리지 못했다.

4시 30분경에 받은 문자 한 통.

막내: "아버지가 위독하심"

설마 하면서도 잘 견디셨던 분이라 아버지를 믿었다. 늘 씩씩하고 강단이 있으셨던 분이라 이번에도 이 고비를 잘 넘기시리라 생각했다. 그러나 병실에 도착해 보니 아버지가 계셨던 병실에는 아버지가 계시질 않았다. 주인 잃은 아버지의 짐만 늘 누워 계시던 침상 위에 덩그러니 올려져 있었다. 순간 '쿵' 하고 심장이 멎어 버릴 것만 같았다. 그때 다른 환자 보호자분이 처치실로 가 보라고 일러 주셨다. '처치실?' 듣기만 해도 기분이 오싹했다. 처치실에 도착하니, 이미 심장이 멎어 버린 아버지가 차디찬 몸으로 침상에 누워 계셨다.

옥이: "아빠, 옥이예요. 인사도 못 드렸는데 이렇게 가시면 어떡해요."

뒤늦게 도착해 죽음을 인정하지 못하는 나만 울부짖을 뿐이었다.

막내: "아빠, 아빠가 예뻐하시던 옥이 성이 왔어요."

막내의 말이 떨어지자 슬픔이 더 크게 밀려왔고, 나는 이름 모를 새처럼 '꺼-억 꺼-억' 울어 댔다. 그 순간, 감고 계신 아버지의 양 눈에서 눈물이 주르륵 흘러내렸다. 나는 너무 놀라 소리쳤다.

옥이: "엄마, 아빠 안 돌아가셨어. 언니, 아빠가 울어. 아빠 눈에서
     눈물이 나잖아. 아빠가 살아 계신다고."
첫째 언니: "어, 사후에도 얼마간 정신은 있으시대. 그러니까 하고
     싶은 말 있으면 지금 다 해."

잠깐이지만 기대했는데, 큰언니의 말에 찬물을 뒤집어쓴 듯 크게 실망하고 말았다. 그러나 큰언니의 말대로라면 아직 아버지가 나의 말을 듣고 계신다는 의미였다.

기다리던 딸

옥이: "아빠, 늦게 와서 죄송해요."
어머니: "여보, 기다리던 딸이 왔어요. 당신 항상 예쁘게 해 주던 딸

이 안 온다고 어제 계속 기다렸잖아요."

엄마의 말에 완전히 무너졌다.

'기다리셨구나!
아빠가 나를 기다리셨구나.
어제 왔어야 했는데.'

마음은 아버지께 오고 싶었지만, 당장 마무리해야 할 업무에 시간을 할애해야 했다. 못 오는 마음이 내내 무거웠는데, 이렇게 허망하게 가실 줄이야, 말문이 막혔다.

가족들은 아버지의 눈에서 눈물이 흘러내리자 다시 눈물바다가 되어 버렸다. 나는 아쉬운 마음에 가족들에게 서운함을 토로했다.

옥이: "왜 진작 연락을 안 했어? 일찍 연락했으면 바로 왔잖아."
셋째 언니: "내가 그렇지 않아도, 아버지한테 물어봤었어. 아버지, 다 오라고 할까요? 그랬더니 연락하지 말라고 고개를 저으시더라고. 다 바쁘다고. 그리고 얼마 안 있다 돌아가신 거야."
(사실 이 말을 한 사람이 셋째 언니인지 넷째 언니인지는 기억이

나질 않는다.)

그때 이런 생각을 했다.

'아빠는 왜 돌아가시는 순간까지도 자식을 먼저 생각하셨을까? 마지
막 인사도 못 하게 왜 이렇게 가신 걸까?
아빠도 이렇게 가실 줄 예상하지 못하셨던 걸까?
우리가 내일 일을 모르듯이, 아빠도 내일은 다시 일어날 수 있으리라
기대하셨던 건 아닐까?
오- 이런.'

나는 아버지가 사망했다는 사실이 믿어지지 않았다. 아버지가 나의
목소리를 듣고 눈물을 흘리셨듯이, 하룻밤이 지나면 툴툴 털고 일어나
가족들의 이름을 부르면서 예전처럼 인사를 나눌 것만 같았다. 안타깝
고, 속상하고, 허망하고, 몹시 혼란스러웠다.
긴 듯 아닌 듯 그렇게 현실과 비현실의 세계를 넘나들고 있는 기분이
었다.

시린 가슴

정신을 차리고 보니 나는 이미 검은 소복을 입고 있었다. 그리고 장례식의 예를 갖춰 문상객을 받고 있었다.

'이게 뭐야? 이건 아니잖아.
나는 아직 아버지의 죽음을 인정할 수 없다고.
그런데 왜 내가 조문객을 받아야 하냐고.'

몸과 마음이 따로 놀고 있었다. 그리고 오시는 손님마다 묻는 아버지에 관한 질문에 설명하다가 울고, 다시 진정하고, 앵무새처럼 똑같은 행동을 그렇게 반복하고 있었다. 그리고 그런 행위의 반복 속에서 애써 부정하던 아버지의 죽음을 받아들이게 되었고, 슬픔도 눈물을 쏟아내면서 조금씩 진정되어 갔다.

마치 장례라는 일련의 과정들이, 마음속으로 보내지 못하는 가족들을 위해 망자와 산 자를 선명하게 나누고, 이제는 포기해야 함을 명확하게 각인시켜 주는 일련의 잔인한 행사와 같다는 생각이 들었다.

그러나 덩그러니 있는 아버지의 영정 사진을 본 순간 다시 울컥하며 눈물이 솟구쳤다. 마치 안구의 혈관이 갑자기 확장되어 터져 버릴 것만 같은 통증이 느껴졌다. 이미 진정된 줄 알았는데, 그것이 아니었다.

순간 영안실에 홀로 계실 아버지를 생각하니 가슴이 미어졌다. 서둘러 장례식장의 작은 골방으로 들어갔다. 눈물과 콧물이 하염없이 쏟아졌다. 미용 티슈로 얼굴을 닦다가, 티슈로 얼굴을 감싼 채 울고 말았다. 끈적끈적한 액체로 뒤범벅된 얼굴을 무심히 닦아 냈다. 그리고 앉은 자세로 벽에 기댄 채 멍하니 앞을 바라봤다.

'이 세상에 아버지가 안 계시다니.

말도 안 돼.'

지금까지 함께했던 사랑하는 사람이 어느 날 갑자기 사라진다는 것, 꿈속에서나 추억 속에서만 존재한다는 것, 그것이 죽음이었다. 이런 생각이 들자 갑자기 허허벌판에 홀로 남겨진 아이처럼 몹시도 허전하고 쓸쓸했다. 그리고 뻥 뚫린 가슴에 세찬 비바람이 몰아치듯 춥고 시리고 아려 왔다.

공부? 돈독한 가족관계가 우선입니다

20. 아버지의 유언

"고마워, 고생했어."

연세가 드신 후 아버지는 자식들에게 자주 말씀하셨다.

"고맙다. 고맙다. 고맙다."라고.
그리고 엄마에게도 마지막 남긴 말이,
"고마워. 고생했어."라는 인사였다고 한다.
사실 엄마에게 하신 말씀은 당신 자신에게 한 말일지도 모른다.

'함께 7남매를 키우면서 얼마나 힘들고 어려운 일이 많았을까?'

그 삶의 역경을 함께한 반려자이자 동지에게 전하는 마지막 말이기에, 엄마에게 한 말은 곧 당신에게 던지는 마지막 메시지라는 생각이 들었다. 그리고 아버지의 '고맙다.'라는 말은, 가족들에게 전하는 아버지만의 사랑 표현이었던 것 같다.

나 또한 아버지에게 전하지 못한 말을 이제라도 전하고 싶다.

■ 아버지께 전하는 편지 ■

아버지, 아버지를 만난 건 제 생애 큰 축복이었습니다.

함께하는 내내 아버지를 많이 의지했고, 존경했고, 진심으로 사랑했습니다.

만약 폐가 아닌 다른 장기가 필요했다면, 저는 주저 없이 당신을 위해 다른 장기를 내놓았을 것입니다.

그건 당신이어서, 당신이기 때문입니다.

그동안 7남매 키워 내시느라 우여곡절도, 경제적 어려움도 많으셨을 텐데, 가슴에만 담아 두시느라 얼마나 힘드셨는지요? 부모님의 마음을 다는 모르겠지만, 결혼하고 엄마가 되니 조금은 알 것 같습니다.

묵묵한 인내와 기다림, 사랑과 감사 그리고 행복을 깨닫게 해 주신 아버지를 영원히 잊지 못할 거예요. 하늘나라에서는 제발 아프지 말고 다음 생애가 있다면 우리 꼭 다시 만나요. 그리고 함께 여행도 다니면서 새롭고 특별한 추억 많이 만들어 봐요.

아버지, 아버지는 제게 최고의 아버지셨습니다.

당신과의 따뜻하고 소중한 추억을 떠올리면서 감사한 마음으로 살아가겠습니다.

당신은 제게

삶의 가르침을 주는 🎓🎓(스승)이었고

비바람을 막아 주는 ☂☂(우산)이었고

기쁨을 주는 😊😊(행복)이었습니다.

그동안 당신의 딸이어서 진심으로 행복했습니다.

당신이 늘 그리운 옥이 올림

공부? 돈독한 가족관계가 우선입니다

21. 입관식

'얼마나 추우실까? 살도 없으신데.

얼마나 답답하실까? 답답한 걸 못 참는 분이셨는데.

얼마나 외로우실까? 혼자 떠나는 이 길이.

얼마나 허망하실까? 하고 싶던 일도 많으셨는데.

얼마나 한스러우실까? 고향에도 돌아가지 못한 것이.

얼마나 기다리셨을까? 작별 인사도 못 한 가족들을.'

새벽 2시, 가족들이 참석한 가운데 발인식이 거행됐다. 엄마와 1남 6 녀의 자녀들, 그리고 사위, 며느리, 손자, 손녀까지 대가족의 행렬이 아 버지의 마지막 가시는 길을 배웅하기 위해 둘러섰다.

아버지의 몸이 하얀 천으로 덮여 있었다. 가족들이 모이자 시신을 정 리하는 장례지도사가 하얀 천을 걷어 냈다. 얼굴은 거즈와 종이로 감 싸져 있었고, 아직 보낼 준비가 되지 않은 가족들은 낯선 아버지의 모 습에 당혹감을 감추지 못했다.

'얼마나 추우실까? 살도 없으신데.
얼마나 답답하실까? 답답한 걸 못 참는 분이셨는데.
얼마나 외로우실까? 혼자 떠나는 이 길이.
얼마나 허망하실까? 하고 싶던 일도 많으셨는데.
얼마나 한스러우실까? 고향에도 돌아가지 못한 것이.
얼마나 기다리셨을까? 작별 인사도 못 한 가족들을.'

아버지를 보내 드려야 하는 괴로움, 다시는 볼 수 없다는 안타까움, 당신의 삶을 미처 펼쳐 보지도 못한 채 책임과 의무감으로 감내해야 했 던 아버지의 인생을 생각하니, 안쓰럽고 죄송스러운 마음에 다시 눈물 이 맺혔다. 조용히 눈을 감자 맺혀 있던 눈물이 조르르 흘러내렸다. 어 린 조카들까지 있는 자리라 어른으로서 체면을 지키려 노력했지만, 슬품을 누르면 누를수록 눈물과 콧물이 봇물 터지듯 흘러내렸다.

'이런, 손수건이라도 가져올 것을.
아니, 휴지라도 준비했어야 했는데.'

뒤늦게 후회했다. 그러나 이 슬픔이 어디 나만의 슬픔이겠는가! 누가 먼저랄 것도 없이 이곳저곳에서 훌쩍임이 들려왔다. 그리고 억누르고 참아내던 슬픔이 곡소리로 터져 나왔다. 그 순간 누군가에 의해 손에서 손으로 티슈들이 전달됐다.

유리막 너머에는 위생처리 하시는 분이 두 분 계셨다. 먼저 한 분이 솜에 알코올을 묻혀 아버지의 전신을 닦아 냈다. 그리고 얼굴에 감쌌던 거즈와 솜을 걷어 낸 후 다시 알코올을 묻혀 정성껏 닦아 냈다. 마지막으로 스킨과 로션을 발랐는데 그 과정이 사뭇 진지하고 엄숙했다.
그런데 그것을 멀찍이 지켜보던 나의 감정이 참으로 미묘했다.

'저 일은 내가 해 드리던 일이었는데.
저 일은 내가 해 드렸어야 하는데.
이제 면도, 마사지도, 모두 끝이구나!'

모든 것이 단절로 이어지는 느낌이었다.

한 분이 미리 준비된 수의를 가져와 입히셨다. 먼저 하의를 입히신 후 발목을 깔끔하게 정돈하고 대님을 묶으셨다. 나머지 한 분은 상의를 입히시고 어깨와 팔, 앞부분의 옷매무새를 정리하셨다. 그리고 마지막으로 꽃신을 신기셨다.

180cm 정도의 키에 말끔히 차려입은 아버지의 모습은 비록 수의였지만 여전히 멋지셨다. 그런데 그 모습이 나를 더욱 슬프게 만들었다.

'여기까지만 보여 줬으면 좋았을 것을.'

가족들은 그것이 끝인 줄 알았다. 아니, 내가 장례에 대해 아는 바가 없어서 그것을 끝이라고 생각했다. 그런데 잘 차려입은 얼굴에 거즈를 올리더니 다시 흰 천으로 얼굴을 칭칭 휘감았다.

'저런, 우리 아버지 답답하신 거 싫어하시는데.'

당장이라도 들어가 걷어 내고 싶을 정도로 마음이 복잡했다.

순식간에 가려진 아버지의 얼굴, 조금의 언질도 없이 뒤덮어 버린 하얀 천이 마치 내 눈을 가려 버린 듯 답답하고 당황스러웠다. 그리고 더이상 아버지의 얼굴을 볼 수 없다는 애석함과 각자의 복잡미묘한 감정들이 다시 곡소리가 되어 흘러나왔다. 그러나 발인을 진행하는 두 분은 주변 분위기에는 아랑곳없이 조용히, 묵묵히 그리고 엄숙하게 일을

　공부? 돈독한 가족관계가 우선입니다

진행했다.

아버지를 관 속에 옮긴 후 비어 있는 공간들이 하얀 천으로 꾹꾹 메워졌다. 장지로 가는 내내 흔들리지 않도록 편안하게 모시고자 함인 듯했다. 드디어 입관식이 마무리되며 관뚜껑이 닫혔다. 마지막으로 하얗고 기다란 대한민국의 태극기가 말끔하게 정돈된 모습으로 씌워졌다.

'아, 여기는 보○병원, 아버지는 국가의 안위를 책임지던 군인이셨지!'

그동안 농부로 기억되던 아버지가, 국방을 책임지던 든든한 군인이었다는 사실을 가족들에게 각인시켜 주는 순간이었다. 그리고 그 태극기가 청춘을 바쳐 희생했던 노병에게 올리는 마지막 보훈의 의미로 여겨져 큰 위로가 됐다.

'여보게, 그동안 고생 많았네.'
'이젠, 편히 쉬게나.'

마치 국가가 들려주는 자장가처럼, 아버지의 지치고 병든 몸을 국가와 군 동료들이 보듬어 주는 것처럼, 따뜻하고 푸근하게 느껴져 진심으로 감사했다.

22. 발인식

'이런, 제기랄.'

나도 모르게 마음속으로 욕을 내뱉고 있었다.

전광판에 알리는 '화장 진행 중', '화장 종료' 등의 문자를 보며 식사를
할 수 있다니….

아무리 봐도 기가 막힌 노릇이었다.

노제

　새벽 두 시, 병원에서 마지막 제를 올리고 아버지의 운구가 운구차에 옮겨졌다. 돌아가신 아버지의 운구가 화물칸에 실리는 순간 다시 한번 충격에 휩싸였다. 생과 사에 따라 탑승의 위치가 바뀌고, 아버지의 유해 위에 탑승해, 편안히 앉아서 몇 시간을 가야 한다는 사실이 몹시 불편하고 죄송스러웠다.

　새벽 3시를 조금 지난 시각, 아버지가 그토록 돌아가고 싶어 하셨던 44번 국도를 지나 본가인 홍천에 도착했다. 집 앞에는 샛노란 국화꽃이 촉촉한 새벽이슬을 머금은 채 탐스럽게 피어 있었고, 초입에는 분홍색 패랭이꽃도 작고 앙증맞게 피어 있었다. 주인 없는 집이 주인 있는 집처럼 밝고 화사했다. 너무나 밝아 그 모습이 오히려 슬프게 다가왔다.

　'마치 아버지의 전사 우편물을 받아 들고 슬퍼하는 엄마 곁에서, 아무것도 모른 채 해맑게 웃고 있는 어린 자식의 모습이라고나 할까?'

　꽃은 주인의 부재를 알지 못한 채 그렇게 우리를 맞이하고 있었다.
　집 앞에는 아주 이른 새벽임에도 불구하고 아버지와 마지막 인사를 나누고자 기다리는 두 분이 계셨다. 함께 군대 생활을 했던 백 모 아저씨, 그리고 제대하고 옆집에 살며 이웃이 된 한 모 아저씨. 아버지의 운구가 태극기에 덮인 채 모습을 드러내자 두 분 또한 슬픔을 감추지 못하셨다. 그도 그럴 것이 멀쩡하게 두 발로 상경한 아버지가, 6개월 만에 시신이 되어 돌아왔으니, 반백 살을 동고동락한 벗들로서도 어찌 허망하지 않을 수 있겠는가?

오빠는 아버지의 영정 사진을 들고 생전에 거주하시던 방과 거실을 돌며 아버지의 아쉬움을 달래 드렸다. 그리고 마당으로 나와 손때 묻은 모든 것들과 눈인사를 나누시도록 시간을 드렸다. 이제 노제를 올리고 가야 할 시간, 태극기로 감싼 아버지의 운구를 집 앞에 모시고 가족들이 모두 인사를 올렸다.

이제 정들었던 친구분들과도 작별해야 할 시간, 그런데 각기 다른 두 분의 인사법에 모두가 눈시울을 붉히고 말았다.

머리가 희끗희끗한 백발의 두 노인, 함께 군대 생활을 한 백모 아저씨는 젊은 시절 꼿꼿한 군인의 자세로 돌아가 오른손을 귀에 붙이며 "충성"이라고 외치셨다. 그리고 일찍이 소아마비에 걸려 다리가 불편했던 한 모 아저씨는 당연히 선 자세에서 고개만 숙이실 줄 알았는데, 모두의 예상을 깨고 불편한 한쪽 다리를 끌어와 무릎을 꿇은 채 큰절을 올리셨다. 이 모습은 지켜보던 가족과 지인들에게도 잊지 못할 순간으로 기억될 만큼 깊은 감동을 주었다.

그리고 그사이 찾아와 주신 동네 분들과도 일일이 악수했는데, 그 악수는 평상시 인사와는 사뭇 달랐다. 눈언저리가 붉어진 채 힘이 들어간 악수, 가볍게 흔들며 아무 말씀도 하지 못했지만 우리는 그 악수의 의미를 알 수 있었다.

'우리도 같은 슬픔을 겪고 있다고.'
'그동안 가족처럼 지내 왔는데 너무나 안타깝다고.'
'모쪼록 편안하게 잘 보내 드리라고.'

맞잡은 손에서 슬픔과 위로의 마음이 전해졌다.

농사의 길로 들어선 아버지

이제 아버지를 모시고 충주로 향했다. 버스 안은 조용한 침묵으로 이어졌고, 나는 무심히 창밖을 바라봤다. 빠르게 지나가는 가로수, 목적도 없이 흘러가는 화양강 물줄기, 눈부시게 빛나는 태양과 그로 인해 반사된 물빛, 강한 물빛을 못 이겨 슬그머니 눈을 감았다.

아버지는 긴 군 생활 동안 수없이 전속을 다니셨다. 어떤 때는 장기

훈련으로 집에도 못 오셨고, 어떤 때는 탈영병을 찾느라 사방을 헤매고 다니셨다. 그렇게 시간은 흘러 홍천에서 만기 제대를 하게 되셨고, 군 복무 중 정이 든 홍천에서 제2의 터전을 일구시게 되었다. 그런데 문제는 군대 생활 외에는 아는 바가 없으셨다.

퇴직할 무렵, 엄마는 연금 받기를 원하셨고, 아버지는 언제 죽을지도 모르는데 무슨 연금이냐며 일시금으로 받길 원하셨다. 그런데 너무 어려서 그 뒷이야기는 알지 못했는데, 퇴직 후 집을 짓고, 작은 농지를 산 걸 보고 엄마가 지셨다는 걸 알게 되었다.

그런데 아버지 의지대로 연금을 포기하고 선택한 농사는 매번 엎어지기 일쑤였다. 장마나 돌림병이 돌면 바로바로 농약을 치거나 대처가 필요한데, 아무것도 모른 채 손 놓고 있다가 뒤늦은 대처에 더 큰 피해를 보곤 하셨다. 그리고 풍년이 들어 수확을 앞둔 어느 해는, 이틀간 태풍이 몰려와 농토가 쑥대밭이 됐고, 하루아침에 수확을 놓친 아버지는 망연자실(茫然自失)해 한동안 속을 태우셨다.

어느 날 논에 가 보니 논 옆에 대자로 누워 무심히 하늘만 쳐다보는 아버지가 보였다. 마치 모든 걸 다 잃고, 어찌할 바를 몰라 방황하는 길 잃은 양과 같은 모습이었다. 그리고 대놓고 낙담하는 모습을 본 적이 없던 나에게는 그 자체가 큰 충격이었다. 그렇게 5년 정도의 시간이 흐

르자 아버지의 농사 실력도 나아지고, 하늘의 날씨도 도와줘 예년과 다르게 큰 수확을 거두셨다. 그리고 그때부터 아버지도 차츰 농사꾼의 면모를 갖추어 가셨다.

마치 빠르게 지나가는 가로수가 우리의 인생 같다는 생각이 들었다. 그리고 목표나 목적 없이 흘러가는 강물이 나와 우리의 삶처럼 느껴졌다. 그리고 찬란한 젊은 순간이 저 빛나는 태양과 같았고, 어느 순간 자연의 거대한 순리에 눈을 감게 되는 것이 인생이라는 생각이 들었다.

소중한 사람

충주에 도착할 무렵 어디선가 적막을 깨는 훌쩍임이 들려왔다. 맨 앞자리에 앉은 엄마가 눈물을 훔치는 소리였다. 60년 이상을 동고동락(同苦同樂)한 남편을 보내는 아내의 마음을 어찌 가늠할 수 있겠는가?

아버지는 나에게도 소중한 분이셨지만, 엄마에게도 큰 등대와 같은 분이셨다. 그 등대의 불빛을 밝히기 위해, 엄마는 일 년에 한두 번씩 아버지를 위한 약제를 챙기셨고, 아버지가 좋아하는 생선을 밥상 위에 빼놓지 않고 올리셨다. 어쩌다 의견 충돌은 있었지만, 엄마는 아버지를 의지했고, 대부분 아버지 의견을 존중했다.

아버지는 불편한 일이 있어도 가족들에게 일을 전가하지 않으셨으며, 뭐든 가장으로서 책임과 의무를 다하고자 노력하셨다. 그러다 보니 가족끼리 다툴 일도, 누구의 탓으로 돌릴 일도 애초에 없었다.

하늘나라 화장터

7시 30분, 충주 하늘나라 화장터에 도착했다. 아버지의 운구가 Number 4에 안치됐다. 공교롭게도 죽음을 의미하는 숫자였다.

화로로 들어가기 전, 가족들과 마지막 인사를 나눌 수 있게 잠깐의 시간을 주었다. 드디어 화로의 문이 닫혔다. 이젠 재가 되어 돌아올 아버지를 생각하니 다시 눈물이 흘렀다.

화장은 2시간 정도가 소요됐다.

산 사람은 살아간다는 말이 있던가!

우리는 이 와중에 아침 식사를 하기 위해 식당으로 갔다. 아버지를 잘 보내 드리기 위해서는 우리가 정신을 차려야 한다는 명목 아래.

'이런, 제기랄.'

나도 모르게 마음속으로 욕을 내뱉고 있었다.

전광판에 알리는 '화장 진행 중', '화장 종료' 등의 문자를 보며 식사를 할 수 있다니….

아무리 봐도 기가 막힌 노릇이었다.

아무리 망자라 해도, 뜨거운 불길 속에서 재가 되는 동안, 우리는 그 짧은 시간의 허기도 참지 못해 배 속을 채우고 있는 모습이 밥을 먹으면서도 역겨웠다.

9시 30분, '4번 화장 종료'라는 안내가 떴다. 우리는 아버지와 헤어졌던 Number 4로 가서 아버지를 기다렸다. 그리고 만나게 된 아버지, 온전히 백골이 되어 바른 자세로 누워 계셨다. 아무 말도 할 수가 없었다. 그냥 그 자체가 충격이었다. 살과 지방이 사라지고 온전히 백골만 남게 된 모습은 상상조차 하지 못했다. 아니, 중간의 과정을 생략한 마지막 과정을 예상했기에 당황스러울 수밖에 없었다.

얼마의 시간이 지나자, 유골이 가루가 되어 주머니에 넣어졌고, 주머니는 다시 항아리에 넣어졌다. 그리고 마지막 방으로 이동해 항아리 상부에 숯가루가 채워졌고 그 후 유골함 뚜껑이 닫혔다.

대전 현충원 '합동 안장식'

우리는 아버지의 온기가 남아 있는 항아리를 안고 대전 현충원에 도착했다. 하늘이 높고, 푸르고, 살짝 바람까지 부는 최고의 날씨였다. 우리는 현충원에 도착해 2시 30분에 거행되는 '합동 안장식'을 기다렸다. 가족들은 중간중간 슬픔을 토해 내서 그런지 이젠 마음을 어느 정도 추스른 듯 보였다. 그리고 그 힘든 과정을 굳이 보여 주는 이유도 이제야 어렴풋이 알 것 같았다.

가족들은 서로의 마음을 알기에 다시 서로를 위로했다.

"엄마, 병원에서 고통 속에 계시는 것보다는 여기가 더 나으실 거예요."
"맞아요. 내일부터 친구분들 만나러 다니시느라 바쁘실 거예요."
"맞아요. 최○○ 아저씨도 여기 계시잖아요."

자식들은 그렇게 힘들어하실 엄마를 위로해 드리기에 바빴다.

드디어 40분간 진행되는 '합동 안장식'에 참석했다. 그런데 아직도 슬픔을 가누지 못한 채 오열하고 있는 한 여인의 울부짖음에 우리는 다시 먹먹한 가슴을 쓸어내려야 했다. 젊고 앳된 영정 사진, 영정 사진을 들

공부? 돈독한 가족관계가 우선입니다

고 있는 여인의 불룩한 배, 갓 결혼한 남편을 잃은 임산부로 짐작됐다. 신혼의 단꿈은커녕, 사랑하는 아이를 안아 보지도 못한 채 한 줌 재가 되어 버린 사람.

'도대체 무슨 사연일까?
이 시기에 젊은 사람이 어찌하여 죽음을 맞이하게 되었을까?'

사람들은 울부짖는 그녀를 무거운 마음으로 바라봤다. 그리고 아이를 키우는 엄마로서 앞으로 헤쳐 나가야 할 그녀의 미래를 생각하니 남의 일이지만 남의 일 같지 않은 측은함에 눈물이 났다. 하루 종일 울고 또 울었지만 마르지 않는 샘물처럼 눈물은 신기할 정도로 계속 이어졌다.

'합동 안장식'은 아버지의 젊은 시절이 연상될 만큼 절도 있고 웅장하게 진행됐다.

묘지 안장식

합동 안장식이 끝나고 아버지가 묻힐 국립묘지로 향했다. 장소는 주차장과 매점이 가까이에 있어, 평소에 찾아와도 찾기 쉽고 방문하기 편한 장소였다. 게다가 멀리 두 봉우리가 있었는데 아버지가 모셔질 위치는 중간으로 마치 좌청룡 우백호를 거머쥐고 있는 듯한 명당 중의 명당이었다. 물론 극히 개인적인 생각이었지만 가족 모두가 만족할 만큼 그 정도로 마음에 드는 장소였다.

드디어 구덩이에 유골함을 넣고 가족들이 돌아가면서 한 삽 한 삽, 조금씩 흙을 올렸다. 우리는 영영 이별하는 마음으로 다시 슬픔을 토해 냈고, 그동안 관리원은 조용히 묘를 마무리했다. 비석은 추후 만들어져서 아버지의 영정 사진을 세워 놓고 마지막 인사를 올렸다. 우리는 잠시 나무 그늘로 자리를 옮겨 며칠 동안 있었던 일들에 관해 이야기를 나누었다.

3일간의 맑고 청명했던 날씨,
아버지 친구분들의 감동적인 작별 인사,
합동 안장식에서 본 처절했던 한 임산부의 이야기,
산세는 물론 풍수적으로도 우수해 보이는 아버지의 묘지.

공부? 돈독한 가족관계가 우선입니다

3일간의 여정 속에 가슴과 기억에 남는 일들을 끄집어내며, 마음을 나누고, 아픔을 나누고, 각각의 이야기에 공감하며 서로의 상처를 가족이라는 이름으로 토닥였다.

이제 서울로 복귀하기 위해 버스에 올랐다. 승차하면서 자동으로 고개가 돌아갔다. 아버지를 모신 묘지가 있는 쪽으로. 오늘부터 북적이던 가족을 떠나 혼자 계실 아버지를 생각하니 다시 마음이 무거웠다. 버스가 현충원을 벗어나 점점 멀어졌다. 가족들은 힘든 일정으로 녹초가 되어 버스에 타자마자 잠에 빠져들었다. 그리고 눈을 떴을 때는 강변을 지나 새벽에 발인이 시작됐던 병원으로 복귀하고 있었다.

'이제 더 이상 이 병원에 올 일도 없겠구나!
그래도 아빠 얼굴을 오래도록 뵙고 싶었는데.'

아쉬움과 허전함에 가슴이 먹먹했다. 무심히 고개를 들어 하늘을 올려다보니, 푸른 하늘이 눈부시게 펼쳐져 있었다. 미동도 없이 한참을 바라봤다. 그 순간 쓸쓸하고 서늘한 바람이 내 볼을 스쳐 갔다.

제6장

이별이 아픔과
후회를 남기다

23. 아버지의 49재

‘암이란 병마와 싸우다, 제대로 드시지도 못하고 돌아가셔서 영혼까지 말랐구나!’

공부? 돈독한 가족관계가 우선입니다

아버지가 오셨다.

돌아가신 아버지가 오셨다.

법당에서 아버지의 49재가 진행되던 도중에 일어난 일이었다.

가족들이 아버지의 49재를 위해, 음식을 올리고 주지 스님을 모셔 왔다. 그런데 주지 스님의 제문(祭文)이 참으로 간단하고 단순했다.

"이렇게 행복하고 따뜻한 가정을 만나게 해 주셔서 감사합니다. 모쪼록 아버님이 편안한 곳으로 갈 수 있도록 부처님 도와주십시오."

기대가 크면 실망도 크다고 했던가! 스님은 나의 기대와 달리 극락천도를 비는 어떤 불교 의식도 하지 않으셨고, 그저 가족들과 나란히 제를 지켜볼 뿐이었다. 그런데 곱씹어 생각해 보니 꼭 필요한 말씀만 하신 것도 같았다.

그런데 49재 음식에는 아주 특별한 음식이 있었다. 두리안처럼 커다란 크기였는데, 그 안에는 대추, 밤, 갖은 견과류와 함께 찹쌀이 들어 있었고, 모양이 흐트러지지 않게 겉을 마늘종으로 촘촘히 엮어 통째로 푹 쪄서 내놓은 음식이었다. 우리는 제를 마치며 조심스럽게 그 안에 있는 대추와 밤을 하나씩 나누어 먹었다.

그때였다. 복잡한 사람들 틈바구니에서 웃음기 가득한 개구쟁이 모습으로 아버지가 불쑥 나타나셨다. 너무 놀라 정지된 상태에서 동생과 내가 아버지를 불렀다.

"아빠! 아빠!"

그런데 누가 먼저랄 것도 없이 아버지와 내가 부둥켜안았고, 우리는 제를 지내는 법당을 벗어나 툇마루로 나왔다. 그때 누군가 재빠르게 법당문 닫는 소리가 들려왔다. 나는 그리웠던 마음에 아버지를 꼭 껴안았고, 아버지도 같은 마음으로 나를 힘껏 안아 주셨다. 사실 살아생전에 아버지를 안아 본 적은 한 번도 없었다.

"아빠, 너무 보고 싶었어요. 이렇게 와 주셔서 정말 감사해요."

나는 너무 기뻐 아버지를 안은 채 아버지의 등을 위아래로 쓸어내렸다. 그런데 그 순간 뼈만 남은 아버지의 등뼈가 만져졌다. 그리고 그제야 알았다. 장신(長身)의 체구가 나의 작은 품 안에 들어와 있다는 사실을. 재회의 기쁨도 잠시, 아버지의 등뼈 마디마디가 손끝에 느껴져 눈물이 쏟아졌다. 그리고 흐느끼다 깨어 보니 꿈이었다.

'암이란 병마와 싸우다, 제대로 드시지도 못하고 돌아가셔서 영혼까

지 말랐구나!'

가슴을 후벼 파는 듯한 통증이 느껴졌다. 벽시계를 올려다보니 6시가 조금 넘은 시각이었다. 자는 남편의 잠을 방해하고 싶지 않아 조용히 화장실로 들어가 변기 뚜껑을 내리고 변기에 앉았다. 꿈에서 현실로 돌아왔지만, 여전히 생생하게 느껴지는 아버지의 마른 등뼈, 마음의 아픔이 흉통으로 이어졌다.

그런데 신기한 것은 가족 모두가 49재에 참석했음에도 불구하고 아버지의 모습은 동생과 나에게만 보였고, 아버지는 나를 꼭 안으며 작별인사를 해 주셨다는 것이다.

마치 나의 간절한 그리움이 아버지를 불렀고, 아버지도 기다렸지만, 작별 인사를 하지 못한 딸을 일부러 찾아오신 것처럼, 꿈이었지만 꿈이 아닌 듯 몹시도 생생했다.

아버지를 보내 드리면서 두 번째로 폭풍 눈물을 쏟아 낸 날이었다. 그리고 가슴에 슬픔이야 여전하지만, 아버지를 이젠 마음에서 놓아드려야겠다는 생각이 들었다.

'떠나시는 마음 아프지 않게, 가시는 걸음 무겁지 않게.'

■ 사십구재(四十九齋) ■

죽은 사람의 명복을 비는 천도(薦度: 죽은 영혼이 좋은 곳에 태어나
도록 기도함)의식이다.

사람이 죽으면 다음 생을 받을 때까지 49일 동안 중음(中陰: 죽은 후
다음 생을 받기까지의 기간)의 상태를 맞게 되는데, 이 기간 동안 다음
생을 받을 연(緣)이 정하여진다고 하여 7일마다 불경을 읽고 부처님께
공양하는 의식을 말한다. 즉 죽은 자로 하여금 좋은 생을 받기를 바라
는 뜻에서 49일 동안 이 제를 지내는 것이다.

(출처: http://encykorea.aks.ac.kr>한국민족문화대백과>사십구재)

공부? 돈독한 가족관계가 우선입니다

24. 이기적인 현충일 묵념

묵념을 마치고 고개를 드는 순간, 너무 이기적인 묵념이었다는 생각이 들었다. 마치 살아서도 죽어서도 나라의 안위만을 보살펴 달라는 부탁으로 여겨졌기 때문이다.

2021년 6월 6일, 대전 현충원 '현충일 기념 추모행사'를 텔레비전으로 지켜보면서, 현충원에 계신 아버지를 생각하며 처음으로 묵념을 올렸다.

'아버지, 감사합니다. 그리고 아버지처럼 나라를 위해 애써주신 수많은 애국선열께도 깊은 감사를 드립니다. 제가 그리고 우리가 이렇게 안락하고 행복한 삶을 영위할 수 있음은 바로 여러분 덕분입니다. 결코 여러분의 피와 땀이 헛되지 않도록 저도 열심히 살아가겠습니다. 살아서도 열심히 지켜 주셨듯이 천상에서도 대한민국의 미래를 열심히 굽어살펴 주시옵소서.'

묵념을 마치고 고개를 드는 순간, 너무 이기적인 묵념이었다는 생각이 들었다. 마치 살아서도 죽어서도 나라의 안위만을 보살펴 달라는 부탁으로 여겨졌기 때문이다.

순간 월계동에 있는 초안산의 '내시 묘'가 생각났다. 초안산에는 내시묘가 아주 많은데, 그 묘지의 비석이나 석상들은 대부분 왕궁을 향해서 있다. 의미인즉, '살아서도 죽어서도 왕의 안위와 궁을 보살피라는 뜻'에서 그렇게 세워졌다고 한다.

조선시대 내시는 왕의 측근으로 궐에 상주하면서 궐내의 잡무를 맡아 보던 관리였다. 그리고 그들은 대부분 남성의 상징성을 잃은 환관이었기에 후손이 없었다. 후손이 없으니 당연히 그들이 죽으면 그들의 묘를 관리해 줄 사람도 존재하지 않았다.

처음 초안산 내시 묘에 얽힌 사연을 들었을 때 많이 분개했던 기억이 난다. 왜냐하면 제대로 관리된 석상들이 거의 없었을뿐더러, 봉분은 산소인지도 모를 만큼 관리가 소홀했기 때문이다. 머리가 잘려 내동댕이쳐진 석상도 많았고, 묘비조차 사라져 누구의 묘지인지도 모를 만큼 관리가 허술했다. 그런데 사후 관리는 뒷전이고 책임과 의무만 바라는 인간들의 모양새가 너무나 이기적이라는 생각이 들었다.

그런데 오늘 현충원 추모 묵념에서 선조들에게 똑같은 부탁을 하는 것 같아, 분개했던 나 자신이 갑자기 부끄러워졌다.

25. 아버지의 꿈

'부모는 자식을 기다려 주지 않는다.'라고 했던가!

공부? 돈독한 가족관계가 우선입니다

아버지는 배낭여행이 꿈이셨다.

그러나 아버지가 말씀하시기 전까지 그 사실을 아무도 알지 못했다. 어느 날 소파 옆 구석에 길쭉한 국방색 가방 하나가 놓여 있었다. 아버지께 물으니 그제야 아버지가 꿈꿔 왔던 이야기를 들려주셨다.

옥이: "아빠, 저건 무슨 가방이에요?"
아버지: "어, 여행 가려고. 당장은 아니지만. 고성, 간성, 현리…. 내
　　　　가 복무했던 곳들을 쭉 한번 둘러보고 오려고."

백발 노장의 아버지는 그런 마음으로 가방을 사고, 간단한 여행용품을 챙기고, 언제일지 모를 여행을 위해 조금씩 혼자만의 여행을 꿈꾸셨다.

그 얘기를 들었을 때, 마음 같아서는 당장 함께 떠나 아버지의 발자취를 따라다니며, 아버지의 인생 이야기를 들어 보고 싶었다. 그러나 사는 게 뭔지, 마음은 있으되 당장 장기간 비울 여건도, 엄두도 나지 않았다. 그 후 소파 옆 가방을 볼 때마다 해야 할 숙제를 남겨 둔 아이처럼 마음이 항상 무거웠다.

그렇게 차일피일 미루는 동안 아버지는 암이라는 병마와 사투를 벌이게 되었고, 끝내 덩그러니 가방만 남겨 둔 채 세상을 떠나셨다. 그런

데 아버지가 가신 후에도 어떤 연유인지 엄마는 그 가방을 치우지 않으셨다. 물론 엄마까지 돌아가신 후 가족들에 의해 정리됐지만, 아직도 그 가방이 떠오를 때면 선뜻 나서지 못한 나 자신이 너무나 한스럽고 후회스러울 때가 있다.

왜 한 번에 다닐 생각만 했는지, 나누어 다녔다면 충분히 다녔을 텐데, 그랬다면 아버지의 추억을 공유하며 그만큼 더 행복해하셨을 텐데….

'부모는 자식을 기다려 주지 않는다.'라고 했던가!

알면서도 늘 그 자리에 계실 것만 같은 착각에, 다음으로 미루다 기회를 놓치고 말았다.

해야 할 일이 있다면 지금 하고,
가고 싶은 곳이 있다면 지금 가고,
더 이상 지금 할 일을 내일로 미루지 말자.

내일은 오지 않을 미래일 수 있고,
후회는 지금까지 한 것으로 충분하다.

공부? 돈독한 가족관계가 우선입니다

인생을 살면서 내가 누군가의 가슴에 영원히 지지 않을 등불 같은 존재가 될 수 있는 확률이 얼마나 될까? 나 또한 자식을 키워 봤고 그 아이가 이미 성인이 되었지만 나는 그 아이에게 꽤 괜찮은 부모임을 자처하기에는 부족함이 많은 엄마이다.

불임으로 고생하다 어렵게 얻은 아이, 신이 주신 선물이라 생각하며 최선을 다해 키우려고 노력했다. 그러나 최선의 노력이 꼭 최고의 결과를 안겨 주지는 않는다. 그리고 최선이라는 말의 기준도 아이의 생각과 언제나 일치하지도 않는다.

'역지사지'라는 말이 있듯이 아이의 측면에서 보면 부모 노릇이 처음인 우리의 교육이 얼마나 어설프고 불안정한지, 얼마나 강압적이고 몰아붙이기식인지 때로는 불만스럽고 때로는 버거웠을 수도 있다.

그런데 아버지와의 추억을 집필하는 과정에서 새롭게 깨달은 것이 있다. 아버지는 나에게 "안 돼"라는 말씀을 하신 적이, 적어도 내 기억 속에는 없다는 사실이다. 늘 '괜찮다'라는 말로 나를 다독여 주셨고, 밝은 갈색 염색을 해 드려 어이없는 상황이 연출됐을 때도 전혀 꾸짖지 않으셨다. 또한 마음대로 면도해 드리다 아버지의 인중을 베었을 때도 오히려 풀죽은 나를 먼저 위로해 주셨다.

이런 면에서 나는 나의 딸에게 미안한 면이 참 많다. 아버지처럼 대범하지도 못했고, 아버지처럼 멋지지도 긍정적이지도 못한 엄마였기 때문이다. 그러나 나에게는 다행히 만회할 시간이 남아 있다. 그런 의미에서 앞으로 남은 시간만큼은 최대한 긍정적으로, 최대한 배려하며, 최대한 앙금을 남기지 않는 그런 모녀 관계를 유지해 보려고 한다.

이 글을 읽는 독자들 또한 누군가의 딸, 누군가의 아들일 것이다. 그리고 이미 누군가의 부모가 되어 이와 같은 길을 걸어왔거나, 걸어가고 있을 것이다. 그 과정에서 현재 어떤 관계를 유지하고 있으며, 부족한 면과 넘치는 면이 무엇인지, 유지할 면과 개선할 면이 무엇인지, 그리고 언젠가 헤어질 때 어떤 모습으로 헤어지고, 어떤 사람으로 기억되고 싶은지, 한 번쯤 깊이 생각해 봤으면 하는 차원에서 이 책을 추천하고 싶다.

실수로 인한 후회는 누구나 할 수 있다.
그러나 같은 실수의 반복은 실수가 아니라 습관이다.
독이 되는 습관이 없는지 점검해 보고 지금 개선해 보자.
삶은 반성과 개선을 거듭할 때 비로소 행복해진다.

누구나 행복을 꿈꾸지만, 누구나 가질 수 있는 것은 아니다.
나의 노력과 상대의 노력이 합쳐질 때
비로소 진정한 행복이 빛을 발할 수 있음을 명심하자.

■ 행복을 찾아가는 삶의 점검표 ■

나는 어떤 환경에서 살아왔는가?

어릴 적 가장 힘들었던 점은 무엇인가?

어릴 적 가장 후회스러웠던 순간은 언제인가?

나의 부모는 어떤 부모였는가?

부모에게 본받을 점이 있다면 무엇인가?

부모의 어떤 점이 가장 싫었는가?

부모와 닮은 점은 무엇인가?

부모와 다른 점은 무엇인가?

현재 자신은 어떤 사람인가?

어떤 사람/부모가 되고 싶은가?

자녀에게 어떤 부모로 기억되고 싶은가?

자녀에게 남기고 싶은 말은 무엇인가?

- 과거를 돌이켜보자.

- 자신을 들여다보자.

- 잘못된 습관을 개선해 보자.

- 가족들과 특별한 추억을 만들어 보자.

공부? 돈독한 가족관계가 우선입니다

공부?
돈독한 가족관계가 우선입니다

ⓒ 김승옥, 2024

초판 1쇄 발행 2024년 12월 12일

지은이	김승옥
펴낸이	이기봉
편집	좋은땅 편집팀
펴낸곳	도서출판 좋은땅
주소	서울특별시 마포구 양화로12길 26 지월드빌딩 (서교동 395-7)
전화	02)374-8616~7
팩스	02)374-8614
이메일	gworldbook@naver.com
홈페이지	www.g-world.co.kr

ISBN 979-11-388-3794-1 (03810)